行走的村庄

杨宏国 ● 著

中国言实出版社

图书在版编目(CIP)数据

行走的村庄 / 杨宏国著 . -- 北京 : 中国言实出版社, 2023.6

ISBN 978-7-5171-4502-8

Ⅰ.①行… Ⅱ.①杨… Ⅲ.①散文集－中国－当代 Ⅳ.①I267

中国国家版本馆 CIP 数据核字 (2023) 第 103232 号

行走的村庄

责任编辑：郭江妮　许小雪

责任校对：邱　耿

出版发行：中国言实出版社

地　址：北京市朝阳区北苑路180号加利大厦5号楼105室

邮　编：100101

编辑部：北京市海淀区花园路6号院B座6层

邮　编：100088

电　话：010-64924853（总编室）　010-64924716（发行部）

网　址：www.zgyscbs.cn　电子邮箱：zgyscbs@263.net

经　销：新华书店

印　刷：成都市兴雅致印务有限责任公司

版　次：2024年1月第1版　2024年1月第1次印刷

规　格：880毫米×1230毫米　1/32　5.75印张

字　数：136千字

定　价：65.00元

书　号：ISBN 978-7-5171-4502-8

在文字中行走，在乡愁中静默

◎孙善文

入冬，我在深圳宝安，借着案台上一株兰花香，在字里行间品咂着宏国的一缕乡愁。

与宏国的缘分，起于文字，陷于人品。认识久了才知道，我们竟然都在消防队伍中绽放自己的青春，只是我中途转道，而他一直奋战在消防一线。在他的文字里，铁汉柔情尽显。恩施温和漫长的冬天，会开出一串一串的迎春花儿。故乡漆园里凛冽的冬天，冰花漫山遍野地开，山川树木都成了晶莹剔透的模样，哪怕木屋也会被冰花环绕，开满一扇一扇的窗子，越发的衬托出屋里的日子热闹闹红火火。青少年的时候围着火炉，"胸前烤煳，背后冻木"的情景，总让我忍俊不禁，笑着笑着眼底潮湿，想起我那个千里之外的老家雷州，想起那些艰辛的日子，现在落到文字之中，竟然全是说不出的欢喜。

在宏国的散文之中，漆园里，这个名字出现的频率很高，每次读来都心潮澎湃。我不曾去过，但是那种对家乡的思念，却是相通的。就如同雷州，是我这一生如何都绕不开的，不管是我年少求学时的离家千里，还是旅居他乡的魂牵梦萦，都会随时随地从脑海里闪现。并且随着年龄的日益增长，对这名字的怀念日渐笃厚。在宏国的很多散文中，都会读到与之有关的痕迹，漆园里的老屋、山路、集市，儿时的伙伴，背过的一筐一筐的鱼腥草，踩在脚下粗粝的山石，都会时不时地跑进梦里，如年迈的长者唤着的乳名，伴我们这些旅居他乡的游子走过漫漫长夜。

村庄里的教书匠、木匠、漆匠、石匠、剃匠、杀猪匠等，都是村庄里真实而奋进的标杆。村庄里的迎春树、梨子树、核桃树、柿子树等，都在村庄经济发展的历程中担当了相应的角色。过往的"万元户"以及一批批外出谋生的"我"，都秉承着村庄低调、质朴、善良、上进的品质，努力在时代的河流中活出自己想要的样子。村庄的一草一木都在时间里成长，都在记录着村庄的每人每事，点赞每一次抗争，拥抱每一次倦怠，静待每一次归来。

成家立业之后，一直居住在宝安，但是一旦有人问起我是哪里人，我会毫不犹豫地说："雷州的。"仿佛一说出这个名字，心里才是踏实安稳的，那个一年之中回去的次数屈指可数，却永远无法替代的名字，根植于我的血脉之中。对于我们这些拥抱着文字取暖的人来说，正是故乡的深情，滋养着笔下的诗行，也滋养着一颗游子的心。

年轻的时候，故乡之于我们，是要拼命逃离的，背井离乡这四个字则是带着一种偷偷摸摸的喜悦，带着家人的叮嘱，我走出了那山那水，走出了那熙攘的集市，然后，在陌生的城市，做一名短暂的羁旅客。当看遍他乡美景，心底里怀念的，却是故乡的一山一水，落笔生花，便是那亘古不变的一缕乡愁。

回忆，对于中年人来说，只有一种味道，那就是故乡的味道，是醇厚的，或者带着某种辛辣苦涩的，如同雨后被切割的青草木叶的味道，充斥在整个鼻腔里，嗅得多了，会让人忍不住泪流满面。看着身边不谙世事的孩童成长为翩翩少年，才恍然发现，岁月催人老，也唯有在与文字里的故乡对话时，才知晓那份赤子之心，从未改变。

已过不惑的宏国一直奋战在消防基层，工作之余，他用一行一行的文字去记录生活的瞬间，温柔内心粗粝。多年来，宏国陆续创作了三百余篇散文与随笔，刊发在各类刊物上，撰写纪实散文《村庄里，那些未消失的仪式》获2017年度湖北省市州报副刊作品新闻奖，《父亲的日子》获2018年度副刊作品湖北新闻三等奖。看着他从第一本书《橙影时光》的出版，再到这本《行走的村庄》组稿，我为他的勤奋而由衷地欢喜。消防员的铁汉柔情，这种美是无法用语言去表达的，《行走的村庄》的出版则是最恰当的诠释吧，是多年来的情愫的累积，更是宏国与漆园里的对话，深情而坦荡。

书稿分成了四部分，第一、二部分是依托漆园里这个质朴的农村为原型，书写乡村人乡村事及身边人身边事的散文。是的，在他的文字里，漆园里，已经不再是一个名字一个村庄，而是一位饱经沧桑的长者，是永远无法割舍的过去与将来。第三部分是用平实而朴质的文笔记录了身边的人身边的事。第四部分便是写给子女的随笔，看着她从怀抱之中的稚嫩孩童，到放手逐梦的青年，有不舍，更多的则是欣慰，父母与子女今生的缘分，就是你渐行渐远，而我放手不言，守候当年。

人过了四十岁，这日子就有些快得骇人，许多本以为忘却的事情却不时地在梦里跳跃，如同一首儿时吟唱过的老歌，哪怕歌词多不记得了，可是那旋律却早已镂刻于血脉之中，隐匿，在某个适合的契机，便会鲜活起来，喷薄而出，落于笔下，日久弥香。那埋藏在心底的故乡，那些行走在一年四季之中，悄悄被岁月打磨的沧桑而淳朴的村庄，才是心最后的归宿，曾经身着单衣踏着冰雪走过的求学之路，曾经在破旧的教室抱着自制的火炉温暖着每一个渴望的灵魂，还有那一个个在煤油灯下奋笔疾书的身影，都已经被岁月烙印在生命之中，催促笔耕不辍，督促稳步前行。

进了腊月门，心思一活络，那属于家乡的热腾腾的年味儿就顺着坎坷的岁月，蜿蜒盘旋，最后，成了眼底的一抹潮湿，落在随手翻阅的书页上，跳动成一个鲜活又醇厚的日子，都在背后，排成长长的思念。

一滴晨露窥见了天空的样子，一块碎玻璃瞧见了光的样子，一个小村庄看见了行走的样子。

（本文作者孙善文，广东雷州人，现居深圳宝安，中国作家协会会员）

目　录

◎ 第一辑

◎ 第二辑

◎ 第三辑

◎ 第四辑

◎ 第一辑

村庄里，那些未消失的仪式

儿时生活的村庄——漆园里，从未离开我的生活，我始终对它有一种深沉的眷念和感动。它是我贪婪吮吸的丰裕养分，定位卑微生命的方向，寻觅心灵的精神家园。

对物质极端困顿生活的不屈不挠，犹如漩涡里摇曳的那畦水草，明亮的墨绿吐纳着不卑不亢的气息。苦涩记忆的角落里，时时浮现出传统节庆里那一道道庄重的仪式。父亲笨讷的肢体语言，在沉默里程式化演绎，菜色的脸颊，掩饰不了那种发自内心的虔诚、敬畏和神秘。

村庄的节日是至亲挚友的宴会，也是一家老小的团聚。资金再紧张，粮食再匮乏，总要再"挤挤牙膏"，或东挪西借，割几斤五花肉，打两斤苞谷老烧，烹饪一桌酒菜，油酥叙亲情，醇香聊牵挂。满屋子醉意蒙眬，半肚皮饥荒回肠。

饭前祭祖，记忆中是隆重的仪式。当火锅飘香，七碗八盘摆放停当，凳椅碗筷杯盏放置整齐，父亲就把家人赶离餐桌，轻声地亲切呼唤着先人们的称谓，从久远的到新近的，请他们一一回家团圆吃饭。筷子放在碗上，往杯中倒一口小酒，依次敬请先人们喝酒，再夹菜、添饭、倒茶，请先人们吃菜、吃饭和喝茶。酒和茶渐次倒在先人们座椅前的地面上，饭和菜盛在碗里。整个仪式，父亲都细声细气，客客气气地招呼着，热情地请进，礼貌地送出。

短短的几分钟，儿时的我辈却总被肉香撩胃、饥肠辘辘、唾液盈喉的煎熬折磨。祭祖仪式结束，才进入一家人大快朵颐模式。不知是味美还是量少，那时的饭菜总是锅底朝天、碗盘干净。只是先人们吃过的饭菜，是万万动不得的，得留着喂养果树，听说可以防虫害、佑丰收。

小时候，对这些仪式总有些疑惑不解。长大成人后，也走在父亲的路上，经历痛失亲人、养儿育女，苦味打拼。慢慢地，隔着空气，我也似乎看到了先祖们一张张慈祥的脸，一双双亲切的眼。好酒好菜不忘祖，后人不忘前人恩。前传后孝，这种传承已深入村庄人的骨髓，这些传统已长成这方水土的信仰。这于后人而言，这既是怀念和感恩，也是躬省和敬畏。只是现在，在年轻一代的世界里渐渐淡化，这不知是生物的进化、传统的迷失，还是习俗的叛逆。

每逢除夕，父亲就要用猪头祭诸神。一个煮烂的猪头，一块白豆腐，一块魔芋豆腐，一盘花生，以及插在豆腐上的三支燃香，有序地盛在一个篾筛子里。筛子放祭位，敬香烧送火纸钱，三叩三拜，乞求庇佑。东北方位祭文曲星，为儿孙求学习长进，智慧不凡；堂屋祭家神，为家庭求家运亨通，相处和谐；灶台祭灶神，为一家老少求全家多福多禄，少灾少病；猪圈祭谷神，为来年求六畜兴旺，庄稼丰收。诸神敬毕，才能除去猪头骨，取出喷香的核桃肉，急切地抚慰躁动不安的味蕾。

每年，对敬神的仪式，父亲认真而执着。但饥寒和困顿始终笼罩在村庄的上空，似乎诸神总是失言和失信。直到后来包产到户，经济作物次第吐蕊挂果，饥荒才慢慢远离村庄和我家那四面透风的老屋。

我问过父亲："您那样虔诚地敬神，真的相信吗？"父亲说，他一直希望有。对，是希望，那道忽明忽暗的亮光，让一代代人，走过极度的坎坷和磨难，延续和拓展了家庭和家族，维护了生命的崇高价值；是希望，让父亲用单薄的臂膀，为家庭撑起了一片晴空，把一群细娃拉扯成人。

如今，漆园里就是一本民俗相册，还有很多禁忌和仪式，让人感受到世界的久远和深邃，体味到寰宇的宽广和神秘。比如，每个节日，都要为先人烧送纸钱和物品；哪家老人走了，大家聚一起跳喜气洋洋的撒尔嗬；正月十五元宵节要搭一个巨大的毛狗棚烧掉送年……还比如，小年要扫扬尘，除夕晚要守岁，正月初一水不能倒室外……

村庄里的那些仪式，是执念，也是守望，一直藏在坡上坎下，长在黄泥黑土。这些仪式，有一种庄重，一种神秘；一份期许，一份愿景。

村庄的味蕾

味蕾是造物主最温情最神奇的赐予，自此尘世有了滋味。酸甜苦辣臭咸辛香等世间百味，让生活有了色香味意形器养的分别。

味蕾的地理分布，地域为限，泾渭分明。汉堡和可乐，牛排和奶酪，沙拉和清酒，炒菜和火锅，每一样，都有明晰的地理边界。鲁、川、粤、闽、苏、浙、湘、徽八大菜系，这是味蕾公认的地域分类。现实生活中，味蕾的划分单元更小，一个村一个寨，甚至每一户每一人，都有各异的口味和嗜好。

味蕾有分别心，更有怀旧癖。科学研究发现：人的口味习惯基本成型于童年时代。童年尝过的味道，都储存在人生味蕾的硬盘里。

过往村庄的日子，简单、青涩、粗粝。种啥吃啥，啥时成熟啥时开吃。日子过得像熬粥，扳着指头数，睁着眼睛盼。

那些魂牵梦萦的味蕾记忆，几乎全是粗粮青菜、土豆红苕、山间野果，不爽口、不抗饿。现今看来，却是绿色环保、清淡少油的营养餐食和野味山珍。

那时村庄的饭碗，跟着时令转圈圈儿。小春的主食仅洋芋、麦子，大春的主食有红苕、苞谷、荞子、小米、高粱等。在高寒地带，麦子、荞子、小米、高粱等农作物产量不高，种植区域只是在犄角旮旯儿插花点缀。饭碗里的主食由洋芋、红苕、苞谷三大样轮番上阵或混合接力。与合渣、四季豆荚、豌豆荚等任意组合烹煮，就是一锅村庄式冒菜，既是主食又是主菜。

当然，过年过节也用黄豆磨白豆腐，碱水磨魔芋浆煮黑豆腐，用洋芋浆滤洋芋粉，用玉米浆做豆皮，用玉米面碎辣椒做鲊广椒，用糯米或高粱面做糍粑，用红苕粉做粉条等，这些配上腊肉腊油或炒或煎或炖或煮，都是村庄味蕾的绝版记忆。

高山种植的水果种类比较少，但味道纯正、地道。我家自留地里只有核桃、柿子、梨子三种水果。每类果树各有两棵，不同的树都是不同的口味。

春天里的两树梨花，一树白得抢眼，一树香得呛鼻。秋风渐起，黄梨溢香，一树皮脆肉嫩，一树少渣多汁。成熟季，孩子们流着口水的眼睛，馋得让人心疼，但软化不了父亲坚硬如铁的心。这些宝贝疙瘩，父亲搭着梯子，拿着竹竿做的摘果神器，小心翼翼地一个一个轻摘轻放，精挑细选，分类盛装。凌晨天不亮，一大背篓背到集市上去赶场。只有一些品相极差或蜂鸟叮咬过的残次品，孩子们才能大快朵颐。

两棵柿子树长得不粗壮，但一点儿也不懒惰。每年都挂果，很少歇枝。当叶子被霜降吞咽后，满树红彤彤的，把春华秋实的喜悦挂在天上。一树个大无籽，一树形如蟠桃。柿子是高山常见水果，卖不成钱，全是孩子们的口中餐。

两棵核桃树，是家里一宝，腰围需两个成人牵手合抱。一树纸核桃，一树油核桃。记事起，他就像勤劳的老黄牛，每年果实飘香，偶尔间隔两三年，零星有枝头歇枝。十年前，那颗油核桃在岁月中走失，把果仁香存留唇齿间，储存在味蕾里。

只有那颗纸核桃，不知疲倦，矢志不渝。每年，父亲都爬上树用竹竿敲下几麻袋核桃，去壳晒干后，卖一些贴补家用，留一些自家食用。

从小学六年级住校开始，母亲总要备一份核桃随我远行，成为行李的一部分，延续至今三十余年。

对自家的纸核桃，钟爱有加。壳薄，核仁肉甘味含苦。两指用劲一捏即壳破，核肉纤细不腻，轻松取两瓣送入口中，满口生香，味尽口留丁点儿苦涩味。苦涩味来自薄如蝉翼的核皮，剥皮即可去味。而我却喜欢这种味道，这种家的味道。

时令的山间山果野菜，也是存储在村庄味蕾硬盘上的文件样式。田坎山坡里，到处都有果腹的野菜和山果。折耳根、鸭脚板、野芹菜、白蒿、薇菜薹、蕨菜薹、酸耳杆、山胡椒、野葱等。这些野菜，煮熟后或菜或主食或生吃，可解一时肚腹之饥。

村庄的野果，种类繁多。野梨子、野桃子、野葡萄、野猕猴桃、岩豌豆、野山芍蛋等，较种植的而言个头小肉头薄味道酸涩。记忆中，毛针儿、刺泡、桑树泡、七月炸、八月炸、野草莓的味道纯正、香味独特。木瓜子（火棘）满山遍野都是，是临时充饥必备和椒辣面掺假增量必选。

当放牛、砍柴、割草、打山货时，撞上了山果，就可大饱口福，节余的便捎些许回家分享。

村庄味蕾的记忆，都是大自然的时令馈赠。村庄的空气、土壤、山林以及一草一木，滋养了村庄，养育了山民。

我的味蕾硬盘里，还有一些温暖别致的味蕾文件。无论在物资匮乏的时间里，还是在物质丰裕后，每年杀年猪后，父母都把猪腰子、猪肚子、腰柳肉等贴上我的标签。外出求学时，直到我回家才会端上餐桌。成家后，每次都要想方设法从乡下捎给我。每次吃爆炒猪腰子、酸萝卜炒腰柳肉，都能重温妈妈的味道。

转眼，离开村庄几十年了，而合渣洋芋、四季豆洋芋、苞谷饭等具有村庄地理标签的粗茶淡饭，已成为生活的爱好、饮食的习惯，乐此不疲。

正如《舌尖上的中国》所言："千百年来，人们无论脚步走多远，脑海中只有故乡的味道熟悉而顽固，他就像一个味觉定位系统。"

心中那个村庄也许会模糊，也许会淡忘，但只要故乡的食物还在，嗅到这个味道，就会触发味蕾系统的机关，让一切苏醒和还原。

村庄的味蕾，就像一颗颗干枯的种子，一旦有风有雨有阳光，这些在心底就会生根发芽，任凭岁月荏苒，依旧在心里会枝繁叶茂。

岁月如流，而村庄的味蕾却永远流不走，因为他就是曾经不经世事的自己，是蛮横莽撞的自己，是曾经的人与事，是曾经的牵绊，是一生的挂念，是成长年轮最深刻的印记。

村庄的眼睛

很久没有深呼吸漆园里氤氲的柴火熏香和泥土芬芳的气息了。与村庄相连的脐带未断，窝在水泥丛林里，虽与树林和田园隔离，可每每暴雨倾盆和蝉喘虫鸣的时候，总能对田地里庄稼摇曳着呼救、枯竭地喘息感同身受。

闻鸡挑水是村庄一天的起点。它就像村庄记忆的屏保，只要滑动乡土的念头就忽闪出来。月光如泻，疏影延绵，扁担悠悠，疾步匆匆；穿越晨曦，石缸水溢，狗吠牛哞，炊烟袅袅。这些香甜美梦都阻不住的情景，从惊醒到经历，从怀想到挂念，把梦境拉长，延展至想象的尽头，就如幽境中那一束虔诚的光照亮了未来的那些岁月。

木桶晃悠，葫瓢荡漾。村边的三眼泉，以我家水缸为参照，距离约 1 公里，曰新水井；另两眼以缓坡高坎为界，上下各一眼，距离约 2 公里，曰老水井。这是村庄的生命之源，飘荡着缕缕生生不息的灵气，也是村庄眨巴的眼睛，一扇扇透视心事的窗口。

一条扁担两只桶，扁担上肩晃悠悠。枝叶浮水，桶满不溢。鸡鸣三遍，家家户户一担水桶出门，比赛似的，早早地把日子挑在肩上，把希冀装满水缸。通往水井的路，就是一面心事重重的镜子，谁顾家、谁勤快、谁关心婆娘，它都明镜似的。挑水的路上，大多是体壮力大的男人，一担水不换肩就到了家。也有体力较弱的妇人和孩子，左肩换右肩，走走停停歇歇，慢腾腾地往前挪，肩磨得火辣辣得痛，一挑水舂铁似的磨回家。

最让人怜悯的隔壁大嫂，脾性暴躁的丈夫把重活推给她。一担清亮的水，就如一担积压的怨，只怨命里遇到了个刀剐的懒男客，只晓得睡瞌睡，不晓得心疼人。

光溜溜的弯扁担靠在墙根，它是父亲的亲密伙伴。童年的睡梦中，总有一个情景：门咯吱一声响，翻个身又睡着，"哗……哗……"两声巨响，迷迷糊糊又打起了鼾。当父母拿起木棍子、竹条子，洪钟般的大嗓门把我们从瞌睡中赶起来，水缸已满，日上三竿。后来，扁担接力到哥姐的肩上，也传递到了我的肩上。

肩挑背驮的力气，来自经久不歇的操习。从挑半桶水开始，走叉叉步，出豆粒汗；桶着地换肩，桶上肩摇摆。半担水进了缸，半挑水撒路上。放下水桶，脚肚子转筋，两肩肿胀生疼。挑水的次数多了，留在桶里的水也多了，也悟出了一些门道：满桶水不晃、半桶水连晃直晃，放枝叶防水波荡漾；软扁担、软桶系，挑起来省力气；手抬换肩，不磨后肩。

水是生命的元素，也是生命的源头。村庄的万物生灵须臾不能离，它主宰着村庄的繁衍和延续。新水井水源浅，天晴十天半月就断流。老水井要幽深得多，久旱不雨仍有细丝线般水流沁出。干旱来临，村庄就进入守水背水模式。新水井水竭塘裂，老水井细流涓涓。点起油灯火把，照起电筒矿灯，通宵达旦排队守水。这既是人力展示，又是耐力比拼。两眼井流出十来担水，对于万千生灵望眼欲穿的村庄，犹一粒米掉进饥饿的胃，一尾鱼闯进了鲸鱼的嘴，瞬间融化遁消。

"滴答、滴答……"双手持瓢，滴滴汇聚。只要有人候在井边，其余人就拐到别处寻水挑水，村庄从未因饮水发生过争吵和打斗。到盘龙溪炸口岩去背水，是村民最无奈的宿命。背水的器具临时组装，在笤筐上垫一层麻袋，再铺上整块厚塑料胶纸，水装满后扎紧，背上背篓，拿上打杆。五公里远的笔直陡峭的上坡，蜿蜒崎岖，路窄地滑。一筐凉悠悠的水，是一路吧嗒吧嗒流淌的汗滴，也是一串串黢黑的夜中稳健的步履。

大家庭里，背水的几乎都是父亲。他曾背过盐有经验，懂得用力，怕儿女伤力。伤力大致的意思，就是用力不当或过量，易造成腰部损伤。因此，我一直相信使蛮力也是一个技术活。直到后来，每遇阴雨连连和天气骤变，父亲躺在床上，呼天抢地叫唤腰杆疼，这才明白父亲一直在用谎言这种自虐式的包裹，把对子女的疼爱和呵护隐藏起来，哪怕有时表现为极端的吼骂和鞭打。

修上池子、埋上管子，拧拧笼头、清水流淌……这是困顿岁月里做梦都不敢想的镜头。后来，村庄里率先解决温饱的几户人家在山根边修了个小水池，接上小拇指粗的细管子，勉强用上了自来水。接着，零零星星的人家也组合修了池子。一个个星罗棋布的村庄，被大大小小的水池供养着，可缺乏聚合的力量抵抗不了大旱的袭击，稍不留心又重回过往的老路。听说，也曾有烟水配套、农村供水工程的阳光普照，只因或偏远或偏私或偏袒，使那抹阳光在这个山旮旯留下盲区。

再险峻的山坡，再偏僻的村落，都留下了岁月前行的车轮碾压的深深路痕，它真实地记录着小村庄在大时代中的成长历程，真实地见证着小村民在大发展中的脱胎换骨般的进步进化。那些被人遗忘的扁担、水桶，那些被荒草侵占的小路，都慢慢在时光里凋谢。只是那三眼泉，始终流露出温顺、纯真、宽容、执着的神态，默默注视着、倾听着村庄的心事，静静滋润着、养育着村庄的生灵，不卑不亢，无怨无悔。

村庄的泉水，孕育了万千生灵；村庄的眼睛，透视了老旧心事。它承载了微若尘埃的村庄，在生命长河中不断繁衍生息，在历史的长河中坚定航行。

行走的村庄

一畦畦墨绿的玉米林，一片片青翠的水竹兰竹，一排排栽种错落的树，一声声鸡鸣和犬吠，山峦起伏间，天然勾画出一座温暖的村庄。

村庄再小的事，再卑微的人，都被惦记着。树记住了风雨，石碑记住了过去，路记住了脚印，风记住了找不见的物什。

村庄漆园里，站立在蒿坝淌垭口的迎春树，是最年长的老者，也是村庄相伴最久的同行者。树干粗壮，三个成人拉手方可环抱；树冠枝叶繁茂，荫翳覆盖的半顷良田，几乎颗粒无收。迎风挺立，为村庄遮风挡雨。

村庄行走中，迎春树落籽成苗。在杂草丛中野蛮疯长，或以年长或以壮硕为序，都成当仁不让的排头，何时冒土吐芽，已无从考证。

在乡邻的眼眸里，迎春树宛若穿越的老人，目光安详平静，凝望静谧村庄，慈眉善目。枯枝昂头笑沧桑，凌霜扬眉俏春风，他是替村庄抵挡垭口寒风的勇者，是替村庄代受蚁噬疼痛的忍者，是披雪戴霜准点报春的更夫，是村庄兴衰迁徙的见证者。

迎春树不畏严寒，适宜高寒气候。过冬至，光秃秃的树丫冒出满枝头的花骨朵儿。正所谓：枯枝凌寒绽蕾，冰花裹蕾迎春。立春刚过，小小花苞春心萌动，闻风膨胀。惊蛰一到，满枝头的花骨朵儿竞相绽放，蜂蝶挤眉弄眼，匆匆均沾雨露。

在村庄，人们习惯把迎春树和迎春花混为一谈。然而，迎春树与迎春花有天壤之别。迎春树属木兰科落叶乔木，迎春花属木樨科落叶灌木。迎春树又名望春玉兰、辛兰，先花后叶，花色素雅，气味浓郁，辛醇芳香。花蕾可入药，称之为辛夷，是珍贵中药材，能散风寒、通肺窍。

花蕾是药材，一棵树就成一张定期存折。因此，村庄里期许的花团锦簇，早早地被父亲装在长竹竿上的镰刀一粒一粒剃落在地，把蜂蝶的欢天喜地粗暴浇灭，替换成家庭的千般期待和万般可能。

剃摘花蕾是体力活，也是技术活，损枝则减产，破蕾成次品。壮硕的树干，粗壮的枝丫，或借助木梯，或徒手攀爬，手握长竹竿，脚蹬丫杈窝。得"站、侧、卧、抱、勾、垫"动作要领，在树上连贯交替，在枝头荡来荡去，行云流水般，花蕾缤纷落地，如五颜六色的零钞扑面而来。

父亲从树上沿木梯滑下来，粗糙的手开始忙活，小心翼翼地把一颗颗湿漉漉的花骨朵儿拾到背篓里、竹筐里。

高山的冬天，空气里夹杂冰碴，阳光明媚也驱不走寒凉，烘干花蕾得持续用猛火。父亲取出过年也没舍得烧的煤块，架起旺火，昼夜守候在炉边，用手心捧着、护着，"烘、焙、翻、择、藏"，丁点儿不敢遗漏，片刻不得疏忽。

成品出炉，花蕾定型，色泽如初，一捏即碎。赶场时背到供销社售卖，几麻袋兑换成一把零碎的钞票。

树的眼眸里，记忆着20世纪七八十年代农村家庭的困窘和饥饿，记录着极端贫困下双手虔诚地捧着的希望。

干花蕾换来的零钞，是换救命的苞谷，是换下种的化肥，还用作细娃的学费？这是一个深奥的生活算术题。父亲有他的运算公式和方法。加减乘除后，总有一丁点余数，攒给细娃上学用。

20世纪90年代中后期，经济作物白肋烟扩大种植面积，生活条件虽有好转，但日子依旧紧巴，干花蕾的位置不可或缺。

几麻袋干花蕾，一卷零钞票背面，尽是深刻印记的生活故事。

乡供销社改制后，销售干花蕾成了难题。原收购员变身个体老板，俏山货变成了棘手货。

在恩施求学几年，卖迎春花蕾成为我的心结。父亲把干花蕾拖到小城，坐一辆麻木车，拖货到南门外山货收购市场。肩扛一麻袋，询东家问西家，为学费找下家，先以拒收为由，后以压价和短斤为终，所卖费用几乎不及路费和脚力。

这种泥腥味的柔弱和无奈，随着时间，慢慢长成了茧，长成了坚强、理解、宽容和善良。

父亲与那棵树，在时间的影子里已完全重合。每到时节，父亲仍习惯性地上树剃摘花蕾。后来，实在爬不上树，不得不向迎春树认输，无可奈何地把一树绚烂还给村庄，也把过往悄悄藏进树的年轮。

这棵迎春树，是一部农村家庭经济简史，也是观照人性的一面镜子。

听说，村里一位品行不端的人，休息时在树边烧干枯柴草枝丫取暖，树皮受热，散发出扑鼻的香气，诱来蚂蚁关注，人为制造了一出悲剧。从此，这棵树成为一个庞大臭蚂蚁族群的家。

臭蚂蚁自携臭味，天敌稀少，繁殖快，生命力顽强。落户于此，便成群结队，咬噬树汁，掏空树干。一株硕大的树，慢慢成为蚂蚁王国的豪华宫殿，成为族群繁衍生息的超大社区。父亲含着泪无数次尝试喷撒、灌注各种杀虫药剂都无济于事。

这种百毒不侵、顽固不化的恶，是受了烧树人的蛊惑，还是传承了恶人的衣钵。

30年前走出村庄，看着它的疲惫，听着它的喘息，伤心地以为它扛不住雷电交加，撑不住狂风暴雨。然而，时间翻过几十页，它仍顽强地站着，站得精神抖擞，绽得五彩缤纷。

粗壮的树干养育蚁群，庞大的树冠抵挡风雨，厚厚的皮囊紧紧包裹干枯的树干。他既像一位战场的老将军，从容出招接招，见招拆招，不急不躁；又像村庄的老农，直面困苦，不屈不挠。

这棵古树，长在偏僻田坎，站在痛觉中心，无论是树龄，还是价值、颜值和精神，都成为村庄的一个符号，自然已赋予它灵性。它的叶、花蕾、枝条、树干、果实，都成为一种语言、表情和情感，深邃目光里，收藏着村庄一箩筐的故事。

漆园里老屋右侧田坎，有一座老坟。石碑上记载，坟主人叫杨忠朝。这块石碑距今200余年，这是村庄漆园里最早的文字记录。据说，清王朝湖广填四川大规模移民时，漆园里先祖杨忠朝从荆州监利迁徙到这个山旮旯，经过十一代的开枝散叶，族众已达数千人散居各村。其间也有谢、王、谭、周、马等姓氏以姻亲或逃荒等方式迁到漆园里居住，至今仍有王、马两姓。

如今的漆园里，四合天井屋已破败不堪，百年老木屋越来越少，砖混平房星罗棋布。

路应该记得，精准扶贫已把村庄拉离贫困线。水泥路、自来水、网络信号都融入村庄生活，缺衣短粮已从村庄字典里删除，村民正翘首以盼旅游改变村庄。

当然，村庄里的人和事，路只记得脚印，人都从分汊口走远，分不清歧途囧途。风也记不住春耕走远的那个人，也没在意谁家的羊在偷吃谁家的青苗，在哪停就会落下一地东西，平常丢掉后找不见的东西，大都让风搬移了位置。

时光流淌，村庄的历史，就是一群东跑西颠的"蚂蚁"，苦苦奋斗，努力活成了让人尊重的样子。

村庄的人和事，就是阳光下的一道道影子。

赶　场

赶场，是十里八乡眉宇舒展的日子。如拨开密布的阴霾，绽放久违的灿烂。于大人，是集日；于细娃，是节日。

上街、赶场，是儿时思绪深处的风景，也是脚步最远的抵达。漫过时间的沙滩，蹚过寒暑的侵蚀，沧海桑田般积淀的集市，是极具仪式感的交易市场、生存江湖和情感聚集。

以漆园里为起点，连接与沙地、花被和麦淌三个集市的射线，是村民联系情感的足迹。沙地为双日集，花被、麦淌为单日集。岁月筛选，沙地街成"乡府"所在地，花被街和麦淌街依次分布。

赶场，赶紧赶急忙活的是生计。一背篓土特产上街，半背篓日杂商品回家。蜿蜒崎岖的土路，饥肠辘辘地奔波，汗味浓郁的衫襟。沿街摆摊吆喝叫卖，攥紧零钞分厘必较，拣急拣紧挑剔购买。一浪浪熙熙攘攘的热闹劲，一幅幅斤斤计较的实景图，浇灌培育出乡村经济的活标本。

买卖是赶场的重头戏。经济学中每一个专业术语，在集市上都寻得见从萌动到蒂落的踪迹。青石板路和麻条石台阶上光溜溜的脚痕，是那方水土世世代代苦中作乐的艰辛历程。地里粮，山中货，栏内禽畜，从牙缝里挤出来，从指缝里溜出来，统统装进背篓，急匆匆地赶去聚会。沉重的背篓，坎肩护卫，汗渍浸泡；薄薄的钞票，紧攥手心，湿透心思。米油酱醋盐酒茶的味道，化肥农药种子的希冀，新衣裤新鞋袜的激动，油香米粑粑和时令水果的诱惑，都从奔涌成线的汗水和经年摩擦的血泡厚茧中来来往往。

逢集的小街热闹复活。就像喝了点小酒的老伯，喜色挂在脸上，藏都藏不了。提篮子的、挑担子的、背背篓的，从晨曦到日暮，人群热闹如潮起潮落。满眼的气喘吁吁、黑汗长流、笑容满面。指地为市，划块为类，立地为摊开始叫卖。熟人碰面，亲热劲挤出来了，打个照面；顾客来了，黏煳味飘出来了，心里较劲。唾沫和分贝萦绕，斤两和价格计较。卖的哪里是物产，分明是心尖尖的肉和焦灼灼的急。算起账来，送了个"搭头"又少个零头，笑盈盈地丢下一句"下次还要买我的哟"，转身奔赴下一场热闹。

攥着怎么也不够花销的钞票，只能赶紧赶急地去打货。肚子要填，盐得吃，煤油灯得点，种子农药着急用。这些当紧的有着落了，才轮到买酱油、苞谷酒、纸烟或衣裤鞋帽。若多出几个毛角子，小孩就能尝到油香味，姑娘就能买些花线团，当家的男主人则可以打二两苞谷酒，或点一小碟花生米或炒个素菜，或站或坐，或小聚或独酌，当一会儿的活神仙。

时而，也要捎带办点事。找找母亲嘴里常念叨的"同志"，把一些家里、邻里讲不通、调不和，一些关于鸡零狗碎、鸡飞狗跳、鸡飞蛋打等杂碎事，一些关于家长里短、家经难念、家有不济等麻烦事，诉苦诉求。纵有一箩筐理由，大多被几句老道理挡回。下次来，又被生硬的笑脸和软和的话语挡回。来来回回中，有时一些气也顺了，一些事也过了。待自己长大，才发觉有些东西一直静立如初，好像时间凝固似的。

集市和村庄，就是乡村生活的两极。集市是正极，村落在负极，犹如天上和人间。以村落自卑的视角，总能感受到太多的不满、不屑、不敬的面孔和神态。

计划经济时代，供销社、粮店和食品旗下的统购统收，制造别样的集市繁荣。少许粮食、禽畜能出手，能出售的大多是深山老林里觅得到的大捆大捆、大袋大袋的鱼腥草、枸麻皮、狗苦桃叶、五倍子、迎春花等农副特产，这些可入药可作染料的宝贝疙瘩，价廉货多钞少，却是村民家庭收入的重要来源之一。

当市场伸出那只隐形的手，农村的经济结构终于翻开了新的一页。孱弱的农村经济这头困兽，终于缓慢恢复元气，慢慢与饥饿作别。烟叶经济、蔬菜经济、水果经济蹒跚前行，慢慢唱起了农村经济的主角，山货静静躺在山林深处，甚至无人问津，渐渐在村民视野中走失。

当进入不惑，储存在记忆硬盘里的那个村庄那个集市的黑白相片已经泛黄，但又如此明晰。无论是计划模式，还是市场模式，映入眼帘的始终是乐观求存、达观求生的图景。

儿时赶场愿望强烈，憧憬堪比过年。既可逃避农活，又可感受热闹，若运气奇佳还可尝到粑粑果果的香甜，让味蕾过把瘾。"无事不赶场"这是父亲定的规矩。无事向有事逆转，只能闲时加紧打山货，寻得机会赶热场，实施货钞兑换，实现心情反转。

那时，我打山货的对象主要是扯鱼腥草、摘狗苦桃树叶和打五倍子，三样都要出大力气。数量达到几十上百斤，就拥有了一次赶场机会。大口袋、满背篓，走十几里山路，竹皮编织的背篓系勒得肩胛生疼。走到收购部，人已虚脱，汗已流干。收购员面无表情地喊道"五十三斤，折三斤"的声音，每每让我后背生凉。一根草一分力，一片叶一滴汗，一块疤痕一股鲜血……这些除了眼里滚出的泪珠儿谁能明白？

几张薄薄皱褶的钞票到手，早把高兴劲聚拢来了。沾了自己血汗味的劳动收入，把大头留作学费，余下的现场支配。以买根中意的皮带，买一个让人口水流了一地的油条、米粑粑，买几个本子，买本小人书……这比过节更愉悦、更香甜。

　　在人类进化的旅程中，集市作为一个重要的符号和载体，作为一种重要的文化和精神，既是一座丰碑，也是一捧乐土。

　　集市有记忆也有生命。在时间的长河里，它正在不断增加养分，竭力汲取力量，坚实守卫人类纯净的此岸乐土。

煤油灯

煤油灯，镌刻在时光的履历里。

一豆温暖的光，点亮黢黑的夜。扯破夜空，穿透黑暗，挤退惊慌。火把、松油、桐油、煤油、电筒、电灯……都静静躺在时间流域的河床里，连缀即成一部村庄照明史。

记事起，那方村庄和集镇，煤油灯是黑夜温暖的光明。煤油时有断流，只能用杉树皮和松油疙瘩等做成火把代替。直至20世纪90年代初，州城上班的堂兄军哥出面，低价购得二手变压器一台，村庄照明才步入现代门槛。

凭票供给的日子，煤油是紧俏货。无端耗损煤油，父辈必重鞭以候。闲暇之夜，天热月下借光，天寒围火取亮，摸摸索索做些家务，东家长西家短地扯些闲白。农忙时节，燃起一盏油灯，一家老少围在一起，剥苞谷、选洋芋、划串白肋烟、推磨……

但凡细娃写作业，煤油灯可不限量使用。此时此刻，一家人向光亮聚拢，围坐借光，手捧希望。除了写作业，有的搓烟绳，有的缝补疤，有的刨洋芋红苕，有的翻看小说。一家大小在微弱的亮光下忙活开来，一丁点儿光亮容不得浪费。

灯下赶作业，藏灯读闲书；数盏点亮如昼朗朗诵读，孤灯独盏如豆悬梁刺股……光晕中的瞬间悠远舒长。

家中常用的，是简易煤油灯。一个墨水瓶子，覆一个圆铁盖子，套一根小铁管子，穿一根棉花捻子，纯手工制造大功告成。

装进些许煤油，点亮无边无际的漆黑。

古书有凿壁偷光，家有墙中藏亮。凿墙藏灯看闲书，这是两个哥哥的伎俩。待我识得大字几个，依葫画瓢得心应手。从连环画入门，到《说唐》、《杨家将》、《三侠五义》，尤其对梁羽生、金庸、古龙等武侠书籍爱不释手。

当针摆指向小学毕业，长兄藏的一木箱书已被乱翻了个遍。翻过的书页，大多如秋风拂叶，随风飞舞凋零，无声诠释着岁月无痕。只是两眼视物渐渐模糊，从眯眼瞪眼识其状，到睁眼看黑板觅不到字影。藏在墙中那盏油灯，终于给我铭刻下与身相随的印记——近视。

乡村求学，是一次梦想的跋涉，也是一次意志的远行。住校从小学六年级开始，步行20余里，与煤油灯相伴相依四年有余。

教室里也安装有电灯，供电的电站别名"嗯哦"电站。通电时欢呼雀跃"嗯"，灯灭时一声叹息"哦"，情绪荡漾在每个抑扬顿挫的音节里。

那时的电流就像一个性情乖张的孩子，把任性和失信的坏脾气发挥到极致。望穿秋水等不到，姗姗来迟去也疾。校园的每个夜晚，煤油灯的融融暖意流淌爱的光芒。

教室里使用的是罩子灯，具有聚光、挡风、排烟等功效。一个S形玻璃灯座，一根扁形灯捻子，一个调试开关旋钮，卡一个透明的玻璃罩子。散发出赭白色的亮光，照亮农村学子的憧憬和理想。

煤油灯和书、笔、纸一样，是必不可少的学习工具。早、晚自习，五六十盏灯点亮，教室里灯火通明，油烟缭绕。或书声琅琅，或伏案书写，或讲解试题。其中不乏发奋图强之人，有人深夜秉读，有人追赶晨曦。

农村学子对未来的方向模糊而迷惘。只是懵懵懂懂地走，莽莽撞撞地闯，明知随时可遇搁浅的滩，随时可碰挡路的墙，但不愿且不肯放弃，信心满满即使撞南墙而不悔。

当时的愿景，似乎跟理想扯不上边。一是想为罩子灯安一个弹簧箍子，拯救经常摔碎的玻璃罩子。二是想拥有一本英语字典，可以查阅生疏单词的读音。

直至中学毕业，这两项愿望均未实现。现今复述与子女听闻，多以为杜撰而励志。是啊，对于物质贫乏和远离资源的个体，细微之末亦属遥不可及。

回味当年吾辈煤油灯下的时光，虽聪赋禀性有差异，但勤学上进无区别，追赶劲头无分别。晚睡、早起几乎是班级集体行动，甘愿落伍者极少。当时，竟有很多城市孩子，辗转农村中学求学。而今，学子们不再受煤油灯照明之苦，而集体向学之心可否依旧不减？

到小城上高中后，就远离了煤油灯。后来，农村电网改造后，煤油灯渐渐淡出了人们的生活。

如今，煤油灯已成为时代的古董，永远珍藏在时间的博物馆，悠悠岁月里有讲不完的动人故事。

只是，那一盏昏黄，永远在我心中亮堂。

点亮村庄

时光机里的漆园里，袅袅炊烟汇入云海，崎岖山路划破林海。暖暖人间烟火，朝苍翠质朴，暮静谧昏黄。

蜗行的村庄，不怨不倦，用粗粝、紧缺的养分，亘古不变地喂养一茬又一茬。没错过大干快上，却避开了急速扩张，纯净的村庄在时间里因感而涕。

村庄结绳记事般缓慢翻动，有一些人、一些事，成了村庄记事本里的标点符号。

点亮村庄，赶走夜晚的昏黄。村庄通电，向现代文明迈进了一大步。这是村庄记事本里加粗加黑的文字。

1992年，乡村通电是遥不可及的奢望。除了集镇及临近的村庄，绝大多数村庄的夜幕下，相伴昏黄的煤油灯，慢慢翻过一个又一个黢黑的长夜。

那时，想通电，得想路子。争取政策，凑集资金，任一样都堪比登天。

电这个稀罕资源，每一个村庄都像嗷嗷待哺的婴儿。元角分的年代，凑齐万儿八千，就得各家各户全部家当集合。

再难，走出第一步，就慢慢开始有了路。当过兵的堂兄杨儒焕和当过大队会计的表哥张传茂，自发站出来拾掇。

那个时代，要通电，得走民办公助的路子。乡水电站只负责接通电源和沿路敷设的电线，其他如购买变压器、电线杆以及占用沿线山林田地补偿协调工作，都得靠村庄自力更生。

到水电部门求爹爹告奶奶自不必赘述。光是召集村民屋场会，说服大家勒紧裤腰带购买变压器、拿出上好的田地和山林换取通电线路占有补偿等事宜，扯东扯西、七嘴八舌，零零碎碎、叽叽喳喳，每天都被那壶鸡零狗碎喝得撑肚皮。

一场接一场的屋场会，隔三岔五的诸葛亮会。几月下来，共识慢慢聚拢，只待东风悄悄起。30户人家，从牙缝里一分一分地抠，凑了6000余元，每户捐出五根笔直的杉树用作电线杆。

一个变压器一万块钱都打不住，电线和电杆叠加又是一个超乎想象的天文数字。一个拳头已慢慢攥成，两兄弟结伴踏上求援的漫漫长路。

在乡水电站蹲守一个星期，争取到自行出工出力架设裸铁线的大力支持。

除了变压器，一切都准备妥当。一个铁疙瘩成张牙舞爪的挡路虎。

又到恩施城找门路。但凡有一丁点儿希望，都厚着脸皮去汇报去争取支持。当找到在市文工团工作的堂兄杨军，看到灰头灰脸的两个老哥哥恳切的目光，当即拍着胸脯应承下来。

"这大个事，他耐得活不？"虽满脸谢意，但心里却直犯嘀咕。

两人在附近旅社开了间房住了下来，把食堂放在他家里，开始按时听进度汇报的工作模式。

一个冷灶门的普通工作人员，要以半价购买紧俏商品，其难度可想而知。

杨军开始脚不沾地找门路，找熟人搭线，找头儿磨价，找维修工帮忙。不久，一台九成新全铜芯80千伏安的变压器，像变魔术似的，以 5000 元整同情价成交，比当年市场价便宜 12000 元。两兄弟心里一块石头终于落地。

1992 年底，漆园里告别煤油灯。这是村庄记事本里春节收到的最贵重的礼物。明晃晃的电灯照得屋场的板壁屋通透锃亮，乡亲终于看清了额头的沟壑纵横和夜间村庄的俏丽妩媚。

村庄的记事本给杨军记下了这份功劳。

杨军在漆园里是现实版的励志故事和今古传奇。年少时，家境异常贫困，初一因贫困辍学，回村庄帮家庭挣工分。

他胆大心细、谈吐不凡，记忆力、模仿力、学习力极强。各种手艺和乐器看过几遍，就敢动手实操，居然还能有模有样。未从师一天，却敢上门做木匠、石匠、漆匠活；属自己的乐器无一件，唢呐、笛子、二胡就像长在他身上一样，摆弄几下就能奏出动听的乐曲。

"文革"结束不久，恩施县市文工团开始恢复招工。1984 年，他报考的科目为唢呐和笛子演奏，获得了双科双百分的优异成绩。他背着黄书包，穿着沾满稀泥巴的破解放鞋，气宇轩昂地走出村庄。

丑小鸭到白天鹅，这个故事在他身上真实上演。

双手老茧粗糙、两腮高原红的笨拙农村小孩，走进恩施小城，开启崭新自立的城市生活。从乐器演奏到作曲，从普通演员到文工团负责人，从初中学历到大专文化，破茧成蝶的他，经历了多少磨砺和挫折，经历了多少白眼和委屈，只有浇灌眉间皱纹的汗水、浸泡手掌厚茧的泪水知道。

他精彩的人生就像三级跳。每一次精疲力竭都努力绽放出光彩夺目。

20 世纪 90 年代初，国家鼓励各行政事业单位拓展第二产业。

他嗅到经济快速发展的讯息，从文化系统跳槽到水电部门，负责菊花石美工品的设计与加工。短短一年时间，设计的菊花石作品荣获全国金奖，时任水利部部长钮茂生亲自为他颁发证书。曾尝试撰写豆腐块小文章，其名便在大报小报频繁出现。

最后，他把职业定型在浓厚的兴趣爱好和厚重的工作积淀上，做独立音乐人，渐成全国著名作曲家。

在这片小天地，他如鱼得水，把恩施民族民间音乐做到了极致。打开音乐这个窗口，让世人了解到恩施、喜欢上恩施，用优美的旋律给恩施旅游文化做了最广泛最深刻地诠释和推广。

他成了中央电视台的签约作曲家。每当看到央视播放他作曲的歌曲，我在心里总要默默地念叨一遍"军哥写得这歌真不耐"，不由把传染过来的喜悦和自豪写在脸上。

女儿在学校学唱儿歌《大山里的土家娃》、《打糍粑》时，课间休息时来一句，"这歌是我伯伯写的"。只把小伙伴的羡慕情绪逗得老高。

稍加留意，在恩施的大街小巷、电梯屏幕、热闹广场，随处都听得见他大气恢宏的旋律。他把自己深度融入恩施的风土人情，成为恩施民族民间音乐最激越的一个音符。他出版《恩施民歌》专辑，填补了恩施民族民间音乐流行版空白。作曲的《大山里的土家娃》，填补了恩施州少儿歌曲创作的空白。

什么事，只要做，就做成极致，包括做人。这是他给漆园里小字辈的言传和身教。

漆园里老老少少几百号人，他都是依赖和依靠的符号。对每一位老人都尊敬、孝顺，对每一个小孩都关心、关注。谁家有困难，他都倾力相助；谁家有红白喜事，他都尽力参加。他把村庄摆上内心的神龛，是村庄最孝顺的儿子。

在我潜意识里，他堪比亲哥。进城读书前，我认得他，他记不起我。从高中开始，我经常跑到他家混饭吃，借粮借款，成为他家的常住人口。大学期间，还邀约同学前去打牙祭，完全没把自己当外人。每次哥嫂都特别热情，亲自下厨，十盘八碗，待若上宾。直到现在，同学家顺、守兵忆起他当年无分别心对待，放开肚皮吃喝的情景仍激动不已。感慨地说，他家的每一次家宴，都是一次生动的人生课堂。

稻盛和夫曾说："人生不是一场物质的盛宴，而是一场灵魂的修炼，是一场精神的塑造。当世界静止，一切结束，只有精神和灵魂跟着你走下一段旅程。"

漆园里这个巴掌大的小村庄，高寒偏僻，信息闭塞。在叔辈兄辈的带动下，走出村庄谋生的人越来越多，儿孙辈受教育的程度越来越高，村庄犹如一汪清澈的溪水向前急促地流淌。

村庄的夜，被电流点亮；村庄的心，被精神点燃。这些都记录在村庄的记事本里。

刨汤煮开的乡愁

吃刨汤，是数九寒冬的一个热词。

四脚朝天劫血泉作别，五脏六腑赴沸汤流香。杀年猪，吃刨汤，是丰收绽放，也是味蕾花开。

抱起大捆柴火，架起鼎罐，烧起猛火，开始爆煮那锅满满的喜悦，飘溢出撩人的浓浓乡愁。

过了农历十月二十八，天天有猪杀。细娃时代，那些无盐淡茶的过往，已忘记了几箩筐，只有杀猪和过年，仍记得清晰。有时想想，猪在岁月的脚步里，也没有囫囵时间，也加紧加急在时间里长大。

20世纪七八十年代的猪，小巧精干。一两百来斤的肉身，要几年光阴的赐惠。饥饿不迭，猪也长不出富态的身姿。后来，粮食丰裕了，营养改善了，小饱即安的心，憨吃哈睡就行，猪也在刷新自己的成长记录。巴掌膘，五百斤，是主妇茶余饭后的底气，也是男人咧开上扬的嘴角。当猪也吃饲料了，从此猪也安装了长膘长个的加速器。饲料猪，成为一个新名词，也形成一个新产业。生长周期短了，肥肉也粘锅了，油水味也淡了。

时间的圈，是无形的桎梏；世俗的圈，是生存的靠山。进与出，一边是逃离，一边是归宿。当猪被拖出圈，就是挣扎着奔向了回家的路。

岔起逮，松裤带，这是儿时吃刨汤的"丑态"。燃起熊熊的火，让灶膛亮起来；切出厚厚的肉，让香味飘起来。背脊肉、腰扭肉、圆尾肉、五花肉切片爆炒，加葱姜蒜，添井水煮沸汤。猪血、猪肝、香菜、青白菜、粉条、豆筋都是上等的菜肴。记忆中，刨汤的模样如是这般。

吃刨汤，吃的就是一个市场上买不到的新鲜。肥肉一抿即化，瘦肉脆而不绵，猪肝鲜味醇厚……一直以为，人间味美，无出其右。这种味道，已永远存储在味蕾的记忆里，在雪雨降临的季节回放。

这种记忆和感受，应该是远离村庄那些孩子们的共同记忆。就如灯火阑珊深处的那个隐蔽的望乡台，牵出丝丝缕缕的情绪，唤醒被忙乱挤压的柔弱心灵，记起那山那水那人，以及泼洒一地的故事和记忆。

入冬以来，朋友圈晒的热点，也绕不开刨汤这个主题。返乡的激动，参与的兴奋。手机拍，美篇记，文字叙。大家用一种热烈的仪式，正为春节返乡、寻根、团聚这场大戏热身。也许，我们没有刻意去深入探究，"我是谁，从哪里来，到哪里去"，这些永恒的哲学命题和终极探索。但是，这种中国式季节性的人口迁徙，是一种情感的油然而生，本能的自觉，自愿的皈依，自发的感恩，也应该是这些问题答案的重要组成部分。

每次回到村庄，所见所感喜忧参半。水泥路修好了，自来水进家了，物质不再那么贫乏了，农村条件变好了，环境也改善了。大叔大婶、哥哥嫂嫂的热情和淳朴，还是记忆中的样子。

但是，有些情景又让忧虑丛生。写满故事的木板房破损了，新修的小平房长锁着，黑土地上长满了荒草。家里常住的都是年岁渐长的大叔大婶，还有那些满地乱跑的小孩。家畜、蔬菜、水果、粮食也开始分类了，哪些是自家吃的，哪些是卖给商贩的。

农作物基本上都用上了农药，家畜基本上都吃上了饲料。杀年猪找不齐帮工，人老了找不全"八大金刚"。这些尴尬，正在逼仄的村庄上演。

有时在想，那些承载记忆的载体消失了，又去哪里找回乡愁。那些游走城市边缘的亲人，哪里又是他们的归属。那些整体离开土地的后代，谁来守候村庄的蓝天白云，谁来传承工匠的技艺，谁来承接数量巨大的初级工种。

这些问题，已经服用几个管用的方子。吃下"精准扶贫"这副猛药，又正在吞服乡村振兴这副良方。

当乡村成为年轻人的梦想之地，既能承载新时代的五彩缤纷，又能承载旧时光的梦寐以求，村庄就是每一个人的心灵归依。

当刨汤吃撑了，苞谷酒喝高了，绿水青山就醉在了心里头。

那一抹乡愁的忧伤

凭栏听雨，密云隐峰，玉珠诉湍，孤舟泛江，叶落断垣，中年袭来满地愁。钢筋水泥森林的怃忑，连愁绪都雷同，听不见雨打青瓦的急促，听不见雨打芭蕉的清脆，观察不了雨滴瓜花地举金杯天斟酒的神仙美景。此时，山旮旯漆园里老家的杂事儿和旧景儿，伴着泥土的芳香、炊烟的温暖，庭院的喧嚷、禽鸟的鸣唱，绿海荡漾、星空璀璨，还有对食物的膜拜，一股脑儿涌上心头。

记忆中的岁月，沉重而悠长，纯粹而空灵，融化了欢快而苦涩的童趣和足迹。弯弯曲曲的山路，沿着坎与坎，连着山与山，细碎而匆忙的脚步丈量不出看到屋走到哭的距离。四合天井的大院，嘈杂的热闹，无厘的争吵，无止而无序的音符演绎着真情版的乡村喜乐悲欢的话剧。满山满坡的庄稼，绿得发黑，油得发亮，列阵般的整齐划一与轩宇昂扬的丰收愿景藏不住物质贫乏的焦虑气息。房前屋后挂满枝头的果树，自留地里鲜艳娇嫩的菜蔬，来不及尝到味道就变成餐桌的油盐酱醋。

记忆中的岁月，是对过年和过事的企盼，是对连环画和故事书的翘盼，是对麦黄和谷熟的期盼。过年过事就是当地的盛会，全村子的人聚在一起就热闹非凡，娶妻嫁女陪十姊妹陪十弟兄，打喜过生放电影演皮影，亲人故去打丧鼓跳撒尔嗬，那年月的我，哭着闹着争着出门吃酒，就是爱热闹看热闹挤热闹，更多的是为了那一桌久违的丰盛的饭菜，那点吃货儿，那点散落的哑炮。如果放电影演皮影，十里八乡的乡亲像赶集似的，早早地挤在院坝里，坐着、蹲着、站着，人挨人人挤人，空气中洋溢着兴奋和喜悦，混合着浓浓的汗味、烟味和瓜子味。那家老了人（去世），那是生命的善终和再生，都办白喜事，大伙吹吹打打、唱唱跳跳，开路、做斋、做法场，到出枢时，全村的青壮年劳动力合力而作，九十度的陡坎也能轻松送上山。那年月的连环画和故事书，可是稀罕物什，大哥哥大姐姐藏的、买的，能借到手看一下，那可是对人最大的信任和关爱。饥饿感如影相随，青黄不接的记忆总是抹不去的，地里出来什么吃什么，收完什么吃完什么。

每当村里有大务小事，抽得出时间再回去走走时，村头那棵迎春树仍挺立在那里，大叔家的大白狗不知是狗几代但仍嗅得出味道向我摇着友好的尾巴。寨还是那个寨，天空还是那样湛蓝，云朵还是那样洁白，树木还是那样葱郁。

只是，昔日的崎岖山路被能干的黄家小妹争取项目修成了水泥路。家家户户用上了自来水，那阔气的四合天井屋被邻家哥哥们拆了建成了两栋二层小洋楼，那勤劳的老黄牛被耕地机取代了，那背篓花样筐被电麻木取代了，连那浇粪的担子桶子都改了水管浇灌。那些烙上深刻痕迹的记忆成为一个时代的标签，慢慢地走进了历史。

我也感觉得出，村子里那些细微而显著的变化。昔时热闹和生气也悄然发生了变化。留在村里的人，还是我认得的那些大伯大婶们，还有那些叫不出名的淘气小孩，那些像断层了的青壮年都逃离了那个让人魂牵梦萦的家乡。一畦畦平塥肥沃的山地，都在荒芜中叹息，那一栋栋留下儿时欢笑的木屋，都在风吹雨淋中长满荒草。坚守的叔叔婶婶叹息道："现在生存、生活条件改观了，年轻人愿意留下来种地的已经很少了，六十岁的人都成了年轻人，哪家老人走了，连'八大金刚'都凑不齐。"

鲤鱼跳农门，是每个村庄人的梦想。村庄人集体无序地迁徙，老一辈像一叶浮萍随波逐流，根不愿扎到村庄，又扎不进城市的水泥森林。新一代大多不愿干苦活累活，不愿学手艺谋生，做着过舒服日子的白日梦，游离在城市生计的边缘。荒芜的农田忧伤，成为一抹挥之不去的伤痛。

很多时候，总有一个画面浮现在我脑海，在一个凉风习习、月如白昼、蛙声满地、萤火纷飞的夜晚，大院的几十个小孩围坐在一起，静听邻家读高中的姐姐讲的故事。那个趿着半截胶鞋、流着鼻涕，听得最入迷的那一个小孩就是我，这种时候总能忘却饥饿。

白岩寨的焦虑

　　有云：盘古霹雳斧混沌，一斧山崩立两边，二斧开凿清江现，峡谷美景留人间。说的是悠悠清江，千里画廊，还有那雄伟神奇的白岩寨和笔架子山。

　　一面是刀削般灰白野性的倔强，一面是山水画碧翠绿黛的稳重，葱白分别，浑然天成，这就是大自然的杰作白岩寨。秋木皇粮坪背靠白岩，神堂漆园背靠青山，是我自小生活的村庄——漆园里名副其实的靠山。

　　第一次去白岩寨是三年级时村小组织的春游，自后槽小垭口进，从皇粮坪笔尖山出，进出道路都是羊肠小道，经半山腰古栈道，一路连滚带爬，嬉闹无忌，接龙过险。老师吩咐各自携带毛笔，鼓励并带头留墨譬如"无限风光在险峰""××到此一游"等喜不自禁的抒情语句，此等涂鸦可展示可检验书法和文采，可刺痛可激励惰性和信心。当时荒郊野岭无人问津也未觉不妥，或许待到今日涂鸦有失文明才觉教育引导于细微处的弥足珍贵。

　　亲近白岩寨贯穿采山货淘宝的旅程。白岩寨山大人稀，药材山货丰富，是我们打山货出售换钱的主阵地，也是农村娃子业余生活的主打歌。五倍子、黄连、黄峰、半夏、鱼腥草、党参、狗苦桃树叶子、白果树叶子、杜仲皮、构皮麻、花梨皮等，寒来暑往，春华秋实，跟随时令，溜坡爬坎，挣元角分，抵交学费，换成油盐。"火气"好，也可饱尝八月楂、刺泡儿、拐枣等野果美味。

　　一路劳作，一路穿行，一路歇息，一路观看。山顶小憩，极目远眺，一畦畦丘田，一垄垄村居，一层层山峦，由近及远，隐约可见恩施城区连珠塔尖的彩霞，一幅至美山河画卷展露无遗。

　　山腰栈道，如彩带裙边，在绝壁上穿行，在断崖边舞动，试问苍天，是大自然的巧夺天工，还是先民的辛勤穿凿？行古驿道，麻条石青石板，落叶积腐犹灰似土，青苔满地绿树无人，是否还能嗅到昔日车水马龙汗流满面的盐巴气味？

　　笔尖山，巨石屹立，遥指苍穹，是守卫寨门的卫兵，是抒写义魂的史笔，还是忠义的守灵人？

　　生于斯，长于斯，麻木于"平常不过的景致、平凡不过的故事"，父亲拾得的百年不锈蚀的梭标的惊喜，儿时参与山洞寻宝的唐突和幼稚……被无可奈何的生活轻轻翻过，似乎没留下一丁点儿痕迹。上游的峡谷被推上国家"5A"景区的神位，下游的江道命名为清江画廊，青云崖、杨柳池和红花淌石林正在热火朝天地开发……忽然发现你还是那么的低调，那么的深邃，就像一朵沉睡在群山之间的雪莲，一个养在深闺人未识的少女。

　　人期恩师，马待伯乐。焦虑的白岩寨，你又在等待谁？在未来的时光里，无论是拨云见日，还是雪藏深山，都是我最喜欢的模样。

冰花盛开

　　严冬来临，朋友圈晒的尽是些雪花的妩媚、冰花的高洁。白茫茫的银装素裹，亮晶晶的玉树琼枝。

　　蜗居的恩施小城，罕见寒风凛冽的乖戾。秋裤加羊毛衫，就能轻松迎来院内的春花盛放。只有老家漆园里，海拔1200米的老高山，冰花长达四个月的花期，无奈地诠释着寒冬的漫长。

　　那里的冬天，大风、迷雾、细雨、低温，合力肆意袭击，冷风浸骨、滴水成冰，一夜间，冰凌铺天盖地降临，冰花满山遍野开放。

　　风刀霜剑花满蹊，千朵万朵压枝低。冰花在山之巅、在田之野悄然绽放。放眼望去，到处是白色的冰雕花海，到处是晶莹的玉琢漫天。天地间，似乎没有一粒儿尘土，没有一丁点声音，没掺半点杂色。一种很透彻的洁净，很无瑕的唯美，任何词语都不能准确地描述和写意。

　　孩提时代，这样的美钻不进我的眼。触摸到的，全是彻骨的寒冷。我讨厌这种酷寒，憎恨蹲在前行路上的冬天。这种厌和恨，已渗透在愈合冻疮的疤痕中。每年小雪一到，四肢和耳朵就开始红肿、奇痒、破皮，十几处同时使坏。稍暖奇痒，稍碰奇痛，挠不能挠，抓不能抓。只能度日如年、望眼欲穿，等待伤口起痂，渴望立春转暖。治冻疮土方——白萝卜块烤热急烫，于我毫无疗效，只是加速了破皮的进程；燃茄子秆灰敷伤口，这种痛与伤口撒盐不分伯仲。脚上的冻伤，头晚疼痛稍减，次日行走，袜子与伤口，或亲密接触，或粘连一体。此种疼痛，既像刀在肉上轻轻刮，又像刀在皮上轻轻割。有的伤口，刮掉一层又一层，成了一个深洞。直到天气转暖，冻疮不治自愈，那种钻心的痛，才缓缓离去。一年冻伤，年年复发。无端赶走些许童趣。这是寒冷对稚嫩皮肤的无情磨砺，也是对身体防御极限的严正警告。

彻骨的冷，是那个年代的深刻记忆。烧饭、取暖大多只能就地取材。大捆木柴、老木蔸疙瘩，是做饭、煮猪食、烧火坑以及做炭火的主要原材料。经济条件好的，可以燃烧煤块和木炭取暖。我家的火坑，只有杀年猪、过年那几天，可以尝一下煤炭的鲜，轻松吐纳一缕缕蓝色的温馨火苗。其余时间，树蔸是火坑的主心骨，遇干柴烈焰迸发，遇湿柴水气四溢。烟熏火燎，噼里啪啦，老小围坐，这是一幅乡村家庭取暖的写实画面。零下的温度，四面灌风的板壁和门窗，就是把棉被裹在身上，也觉得后背生冷，怎么也走不出"前面烤煳了，后面冻木了"的困扰。

学校取暖，是一个头疼的问题。那年月的教室，抵挡寒风的窗户没有玻璃，而是废旧的报纸，或者用铁钉固定的胶纸。这些易破品遇狂风，还有小捣蛋的手，瞬间就伤痕累累、千疮百孔。自带炉子和砌炉子，是上学取暖的燃眉之需。那时的孩子，自小就把烧炉子作为一项基本的生存技能。能在课桌下砌一个炉子，每天生一炉熊熊燃烧的煤火，这既是一个技术活，也是家庭宽裕的象征，轻易就能把全班艳羡的目光聚焦。大多数如我辈，只能自带炉子。把残破的瓷盆、耳锅、瓷缸等，钻穿两个孔洞，拧几股铁丝做提手。垫一半烫火灰，埋几个烟柴头，带几捧灰火石，就把一天所需的温暖随身携带。一并携带的还有烤洋芋、红薯、玉米粒、黄豆的香味和乐趣。不过，那时的冷，那时的疼，那时的饿，只要老师的一个笑脸、一句表扬，瞬间就溜得无影无踪。

这方水土的村庄，生火取暖的习惯还停留在原处。当煤炭、木炭等不再是紧缺物，电、液化气、沼气甚至天然气都走进了生活。但窝火种、烤火坑、烧老虎灶、熏腊肉等习惯，一直都还在村村寨寨年老的爹爹婆婆身边。而今，生活悄无声息的变化，青壮年向外突围，老幼原地留守，少了炊烟的木板屋，在风雨飘摇中悄然破落。大意的火种、老化的电线，稍不留心，就烧毁掉百年老房，吞噬了鲜活生命。

每到冰花烂漫时，都是百感交集，五味杂陈。其实，自然的美，不管你在不在意，它都在那里绽放，错过了观赏，就要静待下一个花期。

翠竹掩木屋

木屋和布瓦，掩映黛山翠竹间，岁月如薄雾氤氲缭绕。这种与生活息息相关的要素，在岁月中慢慢消殒，余下多是视而不见的木讷和迟钝。

打小就住木板屋。过往的凄雨冷风，一直在生活的字典里。一间厅屋，三间厢房屋，窗户不密实，板壁不紧凑。雨滴篾捆杉皮，烟穿竹竿楼板。逢暴雨狂风，大盆小罐雨奏小曲；遇隆冬凛冽，冰冷拂面风透背脊。那时，想到的都是逃离。

木屋是西南地区常见住宅形式，其历史据说可以追溯到有巢氏在南方的民居创造。修木屋，一般要经过"伐木青山、大码梁柱、排扇上榫、立屋竖柱、钉椽盖瓦、镇楼装壁"六道工序。巴楚文明交汇、迁徙文化融合的恩施大山深处，木屋依山而建或临水而造，直至20世纪80年代，仍较茅草屋、土墙屋、石墙屋和平房屋多。木屋有族系差异，土家吊脚楼、苗寨、侗寨等建筑元素和细节有显性差别。但精致、清秀、古朴及与大自然的契合，是中国所有传统建筑的主基调。

家境殷实者，屋顶盖陶制布瓦，一仰一俯，阴阳交错，亲密咬合。家境不济者，屋顶之物，或茅草或杉木皮或薄石板，常为疾风骤雨所破，抛撒难言辛酸和痛楚一地。家道中间者，沿屋脊需盖两脊杉木皮，补布瓦数量之缺。至于民间传说，雍正十三年"改土归流"前，土司王定下铁规：只许买马，不准盖瓦。这也许只是当时为征缴土司而杜撰的恶政。即使土司制度消亡几百年后，仍有众多农户盖不上布瓦，我想应该只是物质稀缺和生活困顿的缘故。

漆园里杨姓老屋场，也曾是布局规整、建筑讲究的四合天井院落。开枝散叶的儿孙们，把传承抛在脑后，只是加速辜负先祖的良苦用心，短视而功利地改变着老屋的面貌。拆的拆，搬的搬，迁的迁，建的建。时间就像一个任性淘气的孩子，把一座简洁别致的院落拆得七零八落。轮到父辈，兄弟叔侄纠纷缠身，憋屈和愤懑纷扰大半人生。没待争出子丑寅卯来，为外出务工长子照看房屋，让自己最后蜗居的一间厢房，在瓦破屋漏、风吹雨淋中飘摇垮塌。一辈子老实巴交且不服输的父亲，终于输得片瓦不剩。

拆木房、修平房，是打工经济冒头后，农村腰包鼓胀的实证。推陈出新和新陈代谢，这都是历史前进的车轮辗出的路痕。差别只在于，有的除旧布新，有的留旧布新。一种是不管不顾义无反顾，一种是首尾相顾预留后路。不同的行为，不同的思维，时间公布了最后的答案。

顾眼前不顾长远，是一种最恶毒的破坏，留下的都是面目狰狞的疤痕。留余地保持定力，成就了最善意的传承，让那些不名一文的家常进化成瑰宝，让世人再有机会看到农耕文化中那份最厚重的底蕴，再有机会品鉴到巴楚文化中那幅最震撼人心的风景。

因为比较，产生鸿沟般落差。多次到宣恩彭家寨、庆阳街、野椒园张家院子、杨家院子等地，匆忙回望在时光里失散的家什和印记。这些古村落，在漫长的时光中保留了昔日的容颜，不知不觉成为特色，结出了级别很高的文保单位的硕果，土里土气的一名灰姑娘摇身变成万人仰慕的白雪公主。

国家重视挖掘、保护、发扬土家、苗、侗等少数民族的建筑、习俗、饮食、歌舞等文化，终让一颗颗隐藏在青山绿树间的小家碧玉走出闺阁。

作为一名安全工作者，我的视野更多地投向防护领域，竭尽全力想让这些宝贝不受惊吓和损坏。作为一名山村四合院落长大的孩子，对比满目疮痍的老屋，又怎么不会对祖辈父辈眼中弃如敝屣的木屋报以无可名状的遗憾呢？

在对口扶贫的恩施新塘下塘坝村走访，到过一个小地名叫蒲塘廖家屋场的地方。那里住着二十几户村民，住的全是盖布瓦的木板房。孩子在外打工，年迈的父辈祖辈在家蹲守，这是目前恩施山区村庄的标配模式，往日的热闹和生气已渐行渐远。村庄被几十米宽的马尾沟河隔在对岸，距离村、乡办公场所20余公里，要穿过红土乡双河10分钟的村级公路才能抵达。村民外出只能蹚水过河，活脱脱一个与世隔绝的"世外桃源"。村里、乡里书记都是同学，我询问"怎么不整体搬迁出去，直接改善村民居住条件"？

张书记告诉我，该乡像这样原始的村落已经为数不多了，无论是保护还是传承，都应该依着它原来的样子前行。他正积极争取项目，架桥修路改善环境，申请古村落项目予以保护。是呀，从这个角度出发，不遗余力地保护方是长久之计！

现代建筑技术、材料、工艺高度发达的今天，木屋和布瓦成了名副其实的宝贝疙瘩。会修木屋的木匠越来越少了，和泥制坯烧制布瓦的作坊消失了，能雕个"万"字窗、上屋捡个瓦的工匠越来越稀罕了。

一种美，只在即将悄然消逝时才崭露头角；一种传承，只有遗忘前更显弥足珍贵。这不是我们需要的基本规律。前进中的车轮，渴望眼光，更渴望定力。

票据往事

识字不多的父母，他们的藏书，除了年更的农历书，就是压在床铺下厚厚的五卷《毛选》。书是崭新的，被用作票据夹子，里面藏着一张张、一串串晦涩的生活密码，以及冷暖跌宕的日子。

书里夹的，是大小不一、颜色各异的票据和条子。借过款的，交过费的，缴过税的，还过债的，看过病的，凡是沾有钞票额度的纸条子，都一张不落地躺卧在那里。每本书里都夹着厚厚一摞，页码自成排序轴线，提起这根线，就是一串写满故事的脸谱，就是一部村庄家庭经济的简史。

日期为20世纪六七十年代的票据，是十来张信用社的借款单。借款额度是一元、贰元，最多的是五元。用途栏写着买锄头、买铁锅等常用工具和器具的名称。已泛黄的票据，票面平整，字迹清晰。20世纪80年代的票据，主要是交公余粮的收据和村里开具的税费收据。20世纪90年代增了些卖烟叶和兑换肥料的条子。到了2000年以后，夹子里又多了些医疗费用的发票。

翻看这些泛黄的单据，就像在翻晒那些还未走远的寒微生活实景。仔细端详，一张张单据，就化成一幅幅影像。从一贫如洗、家徒四壁、饥寒交迫，到食可果腹、衣可御寒、病可就医；从下瓦抢猪、催粮逼款，到税费全免、略有节余。这些场景，不用编剧，无须剪辑，就是一部质朴真实、戳准泪点的纪实体家庭变迁和农村发展的微电影。

一个偏远山区家庭，一笔笔辛酸的流水账，是一个时代发展的缩影。家大口阔、家徒四壁，是那个时代的病灶。扛一把锄头，坐一把椅子，用一口铁锅，都要履行烦琐的借贷程序，才有可能缓慢兑现。极端的贫困和窘迫，没亲历过的人，是想象和杜撰不出来的。

不够，是那时的焦虑。没日没夜地辛苦劳作，却赶不走如影相随的饥寒。看不到黑夜的光，却把希冀当作充饥的面包。

借，是一枚无可奈何的表情包。一路借贷度日，一路踽踽前行。农村信用社像一位冷面热心的大善人，有求必应、有难必帮。单据数字的变化，是困难的堆集和汇合。个位数，十位数，百位数，直至挂上免借牌。借衣借帽，借油借盐，借犁借锄，借谷借豆。左邻右舍借，亲朋族友借。借，既是检验情感的试金石，又是对抗贫困极限的撒手锏。

拖欠，是迫不得已的疑难重症。上缴的税和费，孩子的学杂费，都要真金白银现过现。交一点，欠一点，一天天累积，就堆成了一座山。

税和费的加法，困和窘的乘法。子女的学费、书本费、纸笔费，上缴给国家的农业税、特产税、屠宰税、耕地占用税和契税，上交给村和乡镇的三提五统，村集体三项，含公积金、公益金、管理费，乡镇统筹五项，含教育附加、计划生育费、民兵训练费、民政优抚费、民办交通费。几十项税费相加，占去家庭收入大部分。

借贷，欠账，缺粮，是日常。催税，催费，催粮，是经常。

有一次催交税费的经历，烙在记忆里。在时间里滋长，成为一道狰狞的疤痕，偷窥到了人性的背面。

那天，家里来了一屋子稀客。乡政府的、小乡的、大队的、小组里，一屋子的干部。父母常年奔走田林四界争议和邻里家长里短纠纷，屡请屡推，各级干部回复一致：有时间就去解决。干部集体造访，以为包青天下凡。母亲赶紧拿出积攒的二十几个鸡蛋下锅，煮成荷包蛋生拉硬拽给客人。

热情，生硬拒绝。纠纷，只字不提。人间四月天，骤降冷空气。"交钱，不交钱就赶猪。"村主任第一个跳出来，硬邦邦甩出一句话。"先把孩子学费关和肥料关过了，等下半年粮食收了再交嘛。"父亲低声哀求道。"不行，必须今天交，不交就赶猪。"说这话时，村主任眼露凶光。

赶猪才是主题，父亲方知摊上大事。家中唯一能换钱的，就是两头百来斤的猪。到场的派出所、司法所以及其他干部，把父母和哥哥堵住，几个不睦的邻居，三下五除二把猪捆在木板上背走了。

青黄不接的荒月，哪有钱粮。釜底抽薪的强硬手法，粗暴地把家庭梦想摔在地上，再用脚狠狠碾碎。

父母撕心裂肺地痛哭，直到嘶哑不能出声仍泪流不止。这种绝望，多年后回想起，仍如一枚铁针猛戳心脏。

那一年，细娃的学费全欠着。大姐不得已离开了教室。

这种零钞计算的岁月，票据记录的时光，是苦涩的，也是甜蜜的。一个时代的交互无奈，一串苦涩年代的密码，也是一笔人生最宝贵的财富。

过去那个年代，生病了去住院，是一件稀罕事。小病靠扛，大病靠躺。无论什么病，抓几服中药，买几粒药丸，其余的都得靠自己硬扛。

我四五岁时，就曾医生不治、医院不收，奄奄一息躺在门板上，在等鸡叫三更的时辰，侥幸地苏醒了过来。有时在想，老天是公平的，往往对卑微的生命赐予了超常的力量。

直到20世纪90年代，家庭经济形势渐有改善。子女辍学成了主劳力，有的还学了手艺，地里种了大片大片白肋烟叶。慢慢地把信用社的贷款还清，把欠村里的税费还清，也渐渐解决了一大家人的温饱。农合政策实行后，家人但凡有了三病两痛，第一反应就是去医院检查、治疗。

村庄的最好时代，在宣布永远免交农业税后悄然到来。随后各种赋税和捐费都彻底取消，还对退耕还林实现经济补贴。经过漫长的历史跋涉，终于过上了自给自足、自耕自种、自饴自怡的幸福时光。

近距离凝望赛道上的工业、农业和服务业，看到了争先恐后的惊喜。农村暂时呈现的凋敝和荒芜，就是一个时间节点经济形态发展的投影。乡村振兴正在精心护理久病初愈的伤口，正在拯救一种陨落和消亡。

处在最好的大时代，前面就是梦想中的画中景。那些不堪的过往，只是前行路上的一级级石阶。时光打磨出来的光滑，佐证着你曾经走过，且一直痛并快乐着。

被生活无私无欲地眷顾着，只要满怀感恩奋力前行，总会与美好不期而遇。

响　篙

　　与大姐闲聊，聊起父母体罚子女随手拿取的响篙，唤起屁股火辣的记忆。

　　响篙是村庄漆园里一件普通的农具，制作方法简单。一截两米左右的竹竿，预留两个竹节手握，其余用镰刀或菜刀劈成八块，从内剔除竹节即成。

　　响篙重重敲击门槛或石阶，发出"哗啦、哗啦"的高分贝声响。夸张的重度嘈杂，惊起鸡飞狗跳的慌张。

　　在民间，鸡是灵禽和神物，也是佳肴和滋品。家家户户散养些鸡，接物待客多了一份热情，家用补贴增了一丝底气。

　　雄鸡争晓、群鸡觅食、母鸡喧功、斗鸡逞强。这些热烈拥抱生活的画面，都是往事中挥之不去的风景。

　　父母有养鸡的习惯。母鸡居多，待孵小鸡时节，才会留养骨骼清奇的公鸡，不息为添丁增口当义工。"喔喔喔，喔喔喔"，五遍啼鸣，把漆黑的夜赶走。天蒙蒙亮，刚打开鸡笼，几十只鸡昂着脖子双翅扑腾，"咯咯咯"潮涌着向着人争挤。

　　母亲把一盆苞谷糠用水拌湿，用手抛撒在院坝里，满脸堆笑地望着鸡群扑腾争抢进食。鸡胃刚打开，糠壳抢啄一空。群鸡不甘，向主人围拢扑腾乱啄。此时，顺手抄响篙，哗啦哗啦一敲，鸡作鸟兽散。狠心把鸡群赶向田间地头、坡边山林，倒逼自行觅食，不留意间竟"衍生"出散养鸡类种。

那年月，人尚且肠胃空空、肚皮紧贴后脊，谁又顾得上"鸡"肠辘辘？正当麦粒疯长、青黄不接时，母鸡却卖劲地讨好主人。一天一个蛋，或三天两个蛋。珍贵堪比金蛋，母亲心花怒放，分外小心翼翼。每早鸡出笼，母鸡像过"安检"。用食指轻轻掏鸡屁股，心算当天产蛋收成。凡曾有留蛋别处前科的，就用竹筐倒置上压石头，囚笼产蛋，因功反受过。待闻见"咕咕哒"欢快叫声，捡到热烘烘的鸡蛋，才能奔向自由。

往日里，鸡蛋是农家的宝贝疙瘩。若与心算稍有差池，必疑神疑鬼甚至不惜与左邻右舍唇舌相向或拳脚相加。

母亲拾捡的鸡蛋，餐桌碗碟不见。全藏在床下的陶罐里，最后跑到集镇市场，兑换成硬币零钞，变成油盐纸笔。只有家里来了贵客，或逢儿孙生日，才能在面条碗底遇见令人眼馋的荷包蛋。

父母似乎不吃鸡蛋，就是解决了温饱，也从未见他们吃过。难不成经久拒吃美食，也能在时间里衍变成一种癖好？

待我参加工作，家中的土鸡蛋成了我的专供。家中积攒的鸡蛋，一个不落地捎给了我。生活一直被熟悉的味道萦绕，仿佛冰箱里有一只永不休息的金鸡。

母亲中风后，告别了一辈子打交道的黑土地，不得不迁往小城恩施。种庄稼无地，养家畜无圈。无论怎么反对，却把养鸡的习惯保留很久。直至二次中风，母亲完全失去了语言和行动能力，养鸡才彻底从家里消失。

每每回家，母亲一个眼色暗示，父亲即刻读懂，赶紧赶急地就去拿积攒的鸡蛋。或许，在父辈的生命里，鸡和鸡蛋就是他们与生活相依相伴、相生相克的一部分，成为一种精神载体和象征。于后辈，则像一个储蓄爱的蓄电站，不间断单向输出，不休不止。

父母敲击响篙的声响里，有他们不屈从贫困的唠叨，也有儿女们皮开肉绽的疼痛。

从青丝到白发，从身手灵活到老态龙钟。垂垂老矣的他们，是否还记得起随手拿起响篙挥向子女，挥动"恨铁不成钢"和"不打不成材"的坚定和决绝。

棍棒教育，是上一代人信奉的生活和成功哲学。放牛误吃了田地的庄稼，玩耍弄伤了隔壁的伙伴，贪玩耽误了交代的活路，考试没达到他们的预想，任性违背他们的意图，或说教无果，或恼羞成怒，则抄起响篙一顿痛打。

响篙打人，痛在八鞭同击，痛在抽夹并举。轻者皮肤红肿，淤青无数；重则皮开肉绽，响篙断裂。

母亲打人，阵势大，力度轻，多是毛毛雨收场。若轮到一般不动怒的父亲动手，则是电闪雷鸣狂风暴雨。打在身上，偏在心里。父母打出惧意，恨意却鞭停云散，再慢慢聚合成感恩。

在生存的泥泞里前行，顾不上满脸泥浆。庆幸生硬播种的畏惧种子，已融入肉身。

在教养子女束手无策时，无端就想起了父母用过的响篙。在物质丰裕、资讯发达时代渐渐长大的下一代人，说教无果时，无比愤怒时，时不时想起戒尺般的响篙。

家庭教育内容、形式和标准的时代特征，正在启示或惩戒每一位父母，也在警示下一代人。把戒尺还给老师，把家风教育交付父母，把责任、表率、爱心的种子播撒在每位家长的心田，把信念、情怀、胸襟、包容、自律的种子播种在孩子的田园，在阳光和雨露的滋养下，春风化雨，成风化人。

响篙正静悄悄在村庄消失，也在生活中慢慢消失。

最难走的路，最美的风景

屋后的坡，山腰的路，梭上梭下的足迹，曾经酸涩的童趣。脚丫踩过的杂草，沾满无邪无忌的气息。脚板的记忆，长成生命的骨髓。闭上眼，能翻越沟坎，屏住气，能爬过山脊。

那年，背负行囊的沉重，扛起柔嫩的希冀；携带炊烟的温馨，走向模糊的未来。一转身，华发丛生，夜半不眠，饮食迫减，快意价值的坚持，蹒跚人生的喜愁。未曾想，回望炊烟稀，回返荒草密，那熟悉的小径，已悄悄在荒郊野岭遁回原形。

这是一个真实的桥段。周末，晴天，三人成行，驱车返乡。从小城到小屋，皮卡车颠簸行进。蜿蜒的轨迹，连接高速、国道、省道，直至乡、村、组多个公路级别。车是幸运的，短短两个多小时，就遭遇截然不同的礼遇，体验千差万别的平仄，阅尽它的坎坷履历。

眷念不已的村庄，既偏僻又高寒。父母亲双手擎撑的这棵树，开枝散叶几十号人，少许在体制内就业、参军、读书，大多混杂在小城低端劳务序列觅食，游离在城市和农村都不待见的边缘，仅大姐夫仍在家坚守。因而，常吃到无农药的果蔬、无饲料的腊肉。当看到他形单影只、孑然愁苦的神态，心中暗忖，这种熟悉的味道还能存续多久？

姐夫喂养的五头猪，年底被兄弟姊妹瓜分。按市价货币支付，换取熏制腊肉成品。平日里的莫喂饲料、盐均腌透、温火慢熏的嘱咐，兑换成他日日夜夜的劳作。普通市价的换算，只是草料加粮食的相加，无数工时被无端忽略。成本在明处，辛劳在暗处。一笔笔细账算下来，人工是倒贴的成本，这也许就是第一产业困境和尴尬的缩影。

车在院坝刚停稳，他就急急忙忙搭凳爬梯，把属于我的那份腊肉取下来，扫灰除尘，装袋上车。短短十几分钟，一摞薄薄的钞票，就把他的劳动果实据为己有。收拾毕，时针指向十点半，接近中餐时间。姐夫茶饭差，锯木手指又受伤，房前屋后请不到帮手。随我回乡的同学振华兄，有大快朵颐刨汤饭的想法。窘境呈现使人讪讪然不知所措。亲自操刀、硬撑上马，都被姐夫极力否决。于是临时商议去白岩寨，用美景补美食的缺。

原生态的白岩寨，像极待字闺中的幺妹，素真而灵动。山前那条茶盐驿道，被新修的组级公路覆盖，几近消匿踪迹；那条通往天然栈道的小路，被新修的几处平房岔开。再熟悉不过的路，也在懵懂的时间中走失。

嘴是江湖，脚是路。三番五次询问，才寻到青石砌阶、苔藓密布的小路。在一块农田处，似乎有两条路的痕迹。向右行几步，被一个两人高的荆棘林挡住，人须艰难匍匐前行才能通过。觉得不对，折返向上行。抓树攀岩向上，似乎也不是成形的路。在最熟悉的地方，迷失方向，心底掠过丝丝惊慌。带路的我，只能去寻找记忆中挂壁崖跟儿那条侧身可行的羊肠道。

爬到崖根，彻底被自己吓坏了。前面哪里有路，分明是碗口粗的杂木，茶杯粗的藤蔓，纵横交错的荆棘和刺团。莫害怕，前面应该就是路。我在安抚别人，也在安慰自己。沿崖根向前行，是走出困境的唯一办法。过悬崖，侧身和爬行；钻荆棘，脚踩和棒挑；迈陡坎，狂抓树藤缓降。脚下石滑地湿，土石松散。稍不注意，脚随土走，身往下坠。双手随时准备着，没有选择地抓握可抓之物。我几次抓住刺条，刺扎进手掌指头，浑然不觉得疼痛。

摸爬了近五百米，我先一步找到小路。停下来，膝盖生疼，腿不停地抖动，四肢酸软，精疲力竭。我一屁股瘫坐在山峁上。又过了几分钟，才疲惫会师。少年时，背花背篓采山货如履平地，而今，满地难堪和狼狈。

有荆棘的那条路，才是原来的路。想绕开，却走了一大截弯路。稍做休息，我们爬上天然栈道。去观瞻白莲教造火药的碓窝，观看懒散游人的胡乱涂鸦，拿根小木棒掏漩涡虫，远眺视野开阔的峡谷美景，绵延起伏的青黛群山。同时，也在交流他的重重心事。

振华兄在国企有一份稳定的工作，又以超常的毅力自学过了司法考试。一边是轻松优裕的工作，一边是内心挚爱的事业。鱼和熊掌不可兼得，两难的矛盾、内外的压力，换谁都是痛苦。他也曾想挤进公司法律部门，或者买断工龄轻松走人，当这些两全的办法遇到瓶颈，最后只能是挥挥衣袖，不带走一点云彩。

他说，再也不犹豫了，坚决辞工，去干律师。不知是不是巧合，在他人生的这个当口，走了这趟他人生最难走的路，看到了最美的风景。

下了山，姐夫做的简易餐已满屋飘香。虽然就是圆尾肉块块、土豆块块和白菜叶子三样一锅煮的火锅，但我们就着苞谷烧酒，硬是搞得满嘴醇香、满肚油肠，不亦乐乎。

微醺，忽然记起一句词：江空岁晏，路迷人远，消得几沉凝。不知可不可以应这个情，应这个景。

转动的岁月

　　旅游劲风，匆匆掀起隐蔽在高麓沟壑中奇山秀水的轻柔面纱。

　　民宿崛起，悄悄变革了日出而作日落而息的村庄业态。

　　科技振兴，转眼间机械设备替代了老式家什。

　　特色民宿、民俗小店前，常常看到眼熟的物什。闲置的石磨，作为装饰品，或规则铺排，或整件陈列。

　　这件在汉代发明，对人类进化、发展影响深远的农具，终于卸下沉重的负担，在20世纪末停摆。急速转动至戛然而止，终结了漫长的历史使命，归于沉寂，成为沧海桑田的又一注脚。

　　石磨由上下磨碾、磨框、磨管芯、磨眼、磨棍孔、磨棍等组成。

　　在高寒的农村老家，石磨有大磨和小磨之别。从称谓上即可区分其形状、功能，也可窥见当地的物产和食俗。

　　因不产稻米，脱稻谷皮的檑子是不常见的。大磨可碾苞谷、麦子、苦荞、花荞、高粱等，将干硬的颗粒碾磨成粉末。小磨只能碾磨松软的碎粒，干硬的颗粒要碾破，大个的物什要剁碎，用清水浸泡许久，与水相伴碾磨成浆。

　　大磨碾面，小磨碾浆。这是村庄存续所需，也让农耕在历史长河里无限延展。

　　推磨，是一种重要生存方式的过去式。

有句俗语道，活路有三苦，撑船打铁磨豆腐。这是经营类、作坊式的汗水堆集。高山农村家务铭刻的印记是：三样活路靠熬，推磨划烟薅草，样样都像春铁。

当然，也是培育耐力和毅力的天赐良机。

父母养育六个子女，个个都张着嗷嗷的嘴，揣着饥饿的胃。

大磨以筛子、小磨以盆子计。一筛子干苞谷，一盆子湿黄豆，一小把或一小勺，从磨眼里喂进去，面或浆沿磨齿转出来。燃烧柴火蒸煮，烧制成喷香的美食，欢快地溜进肚皮。

碾磨有喂和推两个环节。喂磨讲究快、准、匀。抓量要准，喂眼要快，频率要匀。否则，轻可粗细不匀、稠稀不均，重则伤手伤人。

推磨讲究的是持和韧。既要力量又要技巧，既要匀力又要恒力。如果单凭蛮力和狠劲，三五分钟就会败下阵来，不但完不成任务，还会伤器伤力。

碾磨是枯燥辛劳的代词。可一人独立劳作，亦可两人或三人协同劳作。父亲是主力，我是替补，其他人差不多都是半场队员。

白昼在田地里刨食。晚饭后，把人和牲畜伺候一遍，方得空闲碾磨。

做子女的，总寻得千般理由，借故忙这忙那，而后早早洗漱上床进入梦乡。只有父母双亲，把一切收拾停当，一人推石磨一人喂苞谷，不紧不忙地把次日的生计磨出来。多少次，睡梦中醒来，听到石磨鸣响伴着父母唠叨，翻身又呼呼睡去。

逢过年过节，石磨异常忙碌起来。做粑粑，滤洋芋粉、苔粉，推豆腐……等候碾磨的东西堆成小山般，看着心都发怵。

我咬牙坚持一两个小时，借口背书做作业想溜。"读书重要，不早说，快去。"家人话语里带着埋怨和催促。直到粑粑蒸熟、豆腐成形，赶紧叫来尝鲜。

聆听着咯吱咯吱的歌谣，一会儿发发呆，一会儿看看闲书，满是得意和庆幸。那时体会不到，偷懒的托词，把殷切的期望，全淹没在贪玩的辜负里。

六年级到初中，住校四年，都是自带口粮。

没稻田没余钱，口粮几乎全是黄澄澄的苞谷面。

苞谷面加水蒸饭，是一个沉淀和汽蒸的过程。倘若面粗，饭盒上面就是一层苞谷糠。因此，为我磨口粮，从选料到碾磨，父亲尤为仔细。选用苞谷坨中间的饱满颗粒，先粗磨碾一遍，用筛子筛滤，再加少许的苞谷粒混合，重新细细碾磨一次。这样磨碾出来的面，跟面粉一般细腻。

第二次磨碾，石磨特别沉重。大力士般的父亲累得气喘吁吁、满头大汗。

看着同学吃白米饭，自己吃硬面坨。一旦回想到父亲汗流浃背而面带微笑，心里憋住的委屈、羞愧和自卑就一扫而光。

平日里，石磨冰冷木讷。而进入荒月，石磨总是那样亲切。

只要磨齿能抛出细细的粉子，流出稠稠的浆汁，心里总有一种踏实温馨的安稳感。

石磨的转动，是日子的重复，是体验的积累，是时间的流逝，是生命的轮回。

转动的岁月，是时间长河里隽永深长的支流，汇聚成光辉灿烂的历史和文化。

停止了转动的石磨，不是结束，而是一个时代的启航。

◎ 第二辑

当年万元户

万元户，是一个沾满尘埃的历史名词。只不过比万户侯轻盈许多。一个是勤劳和血汗的主动集合。一个是恩赐的被动许诺。

20世纪七八十年代，万元户是一个让人眼热心跳的词条，也是一丝让人忌妒生恨的羡慕。既激励人的意志，又让人望而却步。

而这种超越思考极限的故事，曾在一个逼仄空间与我无限贴近。以至于若干年后回忆起，如虚如幻的思维奔跑写实与闭塞蛮荒的村落写真，始终无法在同一时空界面对应。

本族幺幺（叔叔）杨廷建，就是曾发榜确认的万元户。

当年漆园里未修公路，物资进出全靠肩挑背驮，迈不开步，村庄无一人外出打工谋生。贫穷传染，集体生存需求的极端困顿如影相随。人们反而对坡田坎下分毫界线高度关注，积攒着高浓度的紧张空气，遇丁点儿火星就能引爆村庄。

而这时期的幺幺，却嗅到了革故鼎新的清新味儿，艰难拨开枯萎待苏的荆棘丛，站立在时代的山头，开启创业佳话。

那个以元角分为计量单位的时代，万元户的富裕和骄傲是无比抢眼的。大米每斤0.14元，新鲜猪肉每斤0.95元，鸡蛋每个0.02元……用这个单价推演，无论是当时还是现在，得出的结论只能让人目瞪口呆。这是一个突破想象力和思考力极致的有趣游戏。在时间面前，任何事物都显得无比卑微和渺小。

在现在看来，当年的 1 万元，相当于如今的 225 万元。而数字层面的简单变化，不能真实呈现冰冷生活的三维世界。

单从幺幺一以贯之的低调温情里流露出的那种知足、感恩、踏实和向上，就与后来无数土豪和新贵一掷千金的豪迈和纸醉金迷相隔了几十条街的距离。

幺幺是万元户。已被岁月的沙子淘得光芒如诗。把我的记忆翻页，再现的尽是他勤扒苦挣的海量堆起来。在完成好兽医站分配的劁猪任务外，还喂十几头猪，种几十亩药材和十几亩庄稼。

当年药材的物价，让他收获了时代最高的荣誉；伴随药价下跌，他又轻松回归。无论头顶的桂冠在与否，他都乐呵呵的。走村串户做手艺，田间地头忙活路，仿佛那些浮云都是别人家的荣光与暗淡。

幺幺有劁猪的手艺，也是兽医站的额定兽医。十里八乡的，只要捎个口信，他就上门行艺。

劁猪是个功夫活。猪长到 20 多斤，渐渐兴奋毛躁，进入到发情期。牙猪不割、草猪不劁，只吃食不长膘。

听幺幺摆过古，学手艺时师傅教有口诀，慢慢揣摩便成独门绝技。劁草猪要做到：阴手进、阳手出，时时不离三岔骨；大肠冷、小肠热，花肠硬如蛇。劁牙猪要做到：一只手捉住胯，刀儿划，手指掐，要问花肠在哪儿，尿泡那底下。

熟能生巧，世间事莫不如此。孩童时，曾无数次远观过劁猪的过程，也很渴望幺幺来家行艺。因为只要家里请艺人，必设法开荤打牙祭。而我是距锅边油渣最近的人。

幺幺拿出一块平整厚实的木板，放在场坝里，端一盆清水，一字儿摆开工具，他悠闲地坐在木板后的小木椅上。装在小皮袋子里的刀，形状特别，头部呈三角形，有半个鸭蛋大小，顶尖和两个边是锋利的刃口，后面有个手指长的把，末端带个弯钩。状如工脚的刀，便于快速划开皮肤和掏出花肠。

当幺幺烟锅里的叶子烟燃起，飘散出呛人烟雾时，父亲就去猪圈抓住一只猪崽的后腿，提起放倒在木板上。

幺幺左脚踩住猪身，父亲帮忙摁住猪后脚，任猪哀号嘶叫。幺幺摸准刀将切开的位置用清水洗干净，未等我看明白，他已三下五除二轻松搞定。伤口也不用缝合，脚一抬，小猪立即站立起身，夺命逃走。从猪身上割下的部分，幺幺用力甩上猪圈屋顶，口中念叨：八百斤。

我知道，那是对小猪未来的期许，也是对主妇的祝福。

有人以为，劁猪匠大多邋遢，而幺幺不是。无论何时，他都穿着干净整齐，见人一脸温暖的笑，也从不拿玩笑话恐吓小男孩。

在漆园里，既能"打算盘"，又能"动刀子"的幺幺，不像是精算的商人，也不像是精明的艺人。他扮演更多的是雪中送炭、化解矛盾的好人。

在左邻右舍最迷茫、最无助、最困顿的时候，总有幺幺和幺婶的身影及时出现。

物质极度困乏的年代，穷病是要命的重症。分钱难倒英雄汉，颗米饿死男儿身。伸一把手，也许就改变人的一生，拯救一家人。这也许就是幺幺没有越出万元户这道高墙，长成参天大树的重要原因。

新媳妇娶了揭不开锅，孩子考中了上不了学，婴儿出生了调不了面糊糊，老人闭眼了入不了土……哪一样若无贵人帮扶，只会更苦涩、更无奈。

借米不借柴，借衣不借鞋。这是幺幺帮扶人的原则。

可是，这家帮一点，那家拉一把，一个村庄几个家族，要有多少积攒才能跟上扶助贫弱的善心和善行，才能跟上那没有休止符的步伐呢。我曾跟几个族兄聊起此事，他们几乎都曾接受过幺幺无私的接济和帮助。

20世纪90年代初，考上大学那年，假期去幺幺和大叔家串门，我被当成最尊贵的客人款待。幺婶取下藏存了大半年的腊猪蹄，洗净炖了一鼎罐，瓜果鱼蔬弄了一大桌菜。我放下矜持斗胆豪饮，放开肚皮大快朵颐。舌尖的滋味，族亲的至情，恒久清晰，深沉而醇厚。

我当年大学学费近三千元。相当于一个农村家庭五六年的纯收入。听闻学费差一大截，戚族赶紧来拼凑。五元十元，三十五十，四百五百。幺幺给了三百元，差不多是他家白肋烟收益的一多半。拿百家钞票上学，负千人祝愿前行，在我以后的日子里赊欠着永远也无法偿还的情和债。

不做瘪瘪石头，这是戚族的朴素表达。滴水恩情，要当涌泉相报。而我又能用什么词不让自己苍白，用什么行动不让自己莽撞？

对，应该是黑土的泥香，长辈的示范，深山的容量，乡亲的勤俭，这些经过时间发酵，生发出一种纯净向上的精神，成为我艰难前行中取之不尽、用之不竭的源泉和养分。

邻里相处难免生出口舌和矛盾。这种时候，幺幺的角色就转换为纠纷调解员、家族和事佬。劝东家，说西家，时间耽搁不少，好听话讨不到一句。但他乐此不疲，并恒久坚持。

小事也要争吵解闷，这是一个中国式原始村寨的生活写实，也是标准化的邻里生存哲学。

幺幺的日子，平静如水，缓缓流淌。在每一个改革发展的关口和节点，他都义无反顾地进入其中并现身说法。以他的理解和见识、格局和善良，生成一种独特的价值观念和精神力量，帮扶一群族人，带动一个村落。

如今，幺幺的三个孩子都已在外成家，过着他们想要的生活。而年过花甲的他和幺婶仍耕种着几十亩土地，从种药材到种白肋烟、广椒和番茄，再到种土豆、红薯，思想也更新至旅游民宿的环节。

幺幺按照市场需求不断变换着，但始终没变的是他对形势的准确理解，对富贵的平静心态，对弱小的怜悯帮扶。

放弃可能成为大人物机会的幺幺，却乐意做一个有追求的小人物。

他见证了农村商品经济的发展历程，是一本生动的村庄经济发展的书籍。每一个乡村经济名词，应该都有他的理解和诠释的方式。

当年的万元户，一直是村庄里的殷实户。尤其是精神层面。

圆木匠，方木匠

传说，工匠的祖师爷是鲁班，集各种精湛技艺于一身，技授弟子时，按到场弟子人头开枝散叶，另立门派。是日，二十七位弟子如约而至，遂将技艺立为对等门类，也就是传统称谓的九佬十八匠。

有句顺口溜可把他们连缀在一起。杀猪劁猪佬，剃头修脚佬，赶仗补锅佬，渡船吹鼓佬，还有背脚佬；金银铜铁锡，石木雕画漆，秤弹伞染瓦，外加梳篦皮。

因地域、习俗、用材的差异，工匠的分类也有细微差别。社会分工越细，一门工匠手艺也就细分为若干小类。

譬如木匠，按作业对象，可分为大木作，小木作，细木作；按成品形状，又可分为方木匠，圆木匠。

箍桶、箍盆的叫圆木匠，修房子、做家具的叫方木匠。

几千年农耕社会里，农村细娃的梦，一路茫然前行，一路泥泞裹挟。读书，种地，学手艺，这是避不开的三个岔路口。与梦想最近的，当属学门工匠手艺吃轻省饭。

天干地裂，饿不死手艺客。工匠这粒种子，早早地播种在懵懂的童年。学好一门手艺，吃穿用住不发愁。

农村孩子手捧书本的背面，隐隐约约有一条撤退的路。

家族里，凡是男性，几乎都会一点点手艺。大多因手艺不精湛，难混到主人恭请和端茶送饭的地步。

一个是勉强能箍盆、箍桶的幺舅，一个是会打家具和修房子的大表哥。这是我对圆木匠和方木匠最形象的理解。

幺舅是童年里的那抹温暖。他常背着工具箱，猝不及防地来家串门。来不及停歇，就支起木马，架上马板，翻出几块干湿木料，开始忙碌。嘴里不停叽咕，"这块料做个洗脸盆，那块料做个洗脚盆"。

他每次来了又去，工序间断又继续。时间拉得很久很长。记得他也曾箍好过木盆，笨拙而结实。

父母对他的木工不满意，但从未流露。任他兴之所至，心之所安，来时迎去时送。那时家中常断口粮，饥一口饱一口。但他们把这个有缺陷的兄弟，当成家庭理所当然的一分子。

幺舅有点智障，口齿不清，听力较弱。但他心里明镜似的。尤其对侄辈的溺爱，孰轻孰重，心里有谱得很。小时候，只要看见他，我就往他身上爬，或背或抱，粘他身上不肯下来。

有一次，他前来接请母亲回娘家过端阳，我抱着娘的腿不松手。姥姥家在山脚，我家住山顶。直线距离两公里路，笔陡的山坡，崎岖的泥路。天空飘着毛毛雨，山路极度湿滑，行进艰难。我趴在他的背上，他一步三滑，艰难下坡，几次欲斜身倒地，遂用腿跪地才稳住重心，我却悠然安居其背。

到家时，衣服湿透，只喘粗气。幺舅轻轻地把我放在木椅上，满头大汗地朝着我笑。

笑是慈爱洋溢。他的世界里，尽是些没有过滤的纯净与亲情。我的世界里，尽是被他宠坏的当然和娇惯。

后来的幺舅，被一些人以给他找媳妇为饵，钓得开始到处乱跑。这家帮工几天，那家帮工一月。渐渐地，连简单的木工也荒废了。

老年的幺舅，由一个孝顺的表弟赡养。听说，现在他很幸福，也早已白发苍苍。长年奔走西东，不由忽略了他的幸福。想来从未尽孝，也未回馈那份憨厚的爱，深深的愧疚油然而生。

大表哥，会打算盘，会记账；会打家具，会上梁；会看日子，会看地。自始，他就是娘族家园里那棵硕果挂枝的树。向他无限接近，是努力向上的意志启蒙。

立屋造房，是农村家庭最快意的辛劳，最荣光的苦涩。父母拖家带口，又不善精打细算，在学费和口粮缺额交替的轮换里，没有余钱和余力去创造家业。这也是多年来儿子儿媳们对父母的调侃式埋怨。

家里有木工活，恭请大表哥是首选。修房建屋，他是理所当然的掌墨师。

把山林里大大小小的树木砍一遍，勉强凑齐排扇所用木料。

选定屋场，划好屋基，施工现场热火朝天。按木材的种类和大小，按柱、枋、椽、梁、檩等分类量材施用。去树皮，量长短，画尺寸，弹墨线。各类人等，砍、劈、锯、刨、凿，一阵阵叮叮哐哐忙碌开来。

两三个月的紧张劳作，立屋前各项准备就绪。排扇、起扇、上梁，每一个细节，都让工匠严阵以待。每一个环节，都让小孩满怀期待。

选定黄道吉日，请来帮工立屋上梁。亲朋好友到场，锣鼓喧天助喜。吉时吉刻到，掌墨师开始组织排扇。两扇屋架排好，开始起扇、赞梁、开梁口、缠梁、上梁、翻梁木、赞梁木、奠酒、赞糍粑、抛糍粑等流程。

每一个流程，都有一段押韵的吉祥赞语。或讲述历程，或祈福儿孙，或祝福顺遂，或远避灾煞。那一段段朗朗上口的句子，或长短句，或对白，既欢快喜气，又达意明快。出口成章，这是我对掌墨师大表哥由衷的敬佩和敬重。

当时年龄太小，又岁月悠悠，儿时那些重重击中我心灵的场面和句子都变得模糊不清，直到与友人聊起此事，他竟然还能倒背如流。人与人的差距，不在于有心，而在于用心。

比如开张时：天地开场，降吉降祥，鲁班到此，造下华堂，石匠到此，打个屋场，弟子到此，修造栋梁。

又比如开梁口：手拿凿子慢慢走，东家请我开梁口。你开东来我开西，代代儿孙穿朝衣。你开西来我开东，代代儿孙坐朝中。

当年岁月，上梁如磁铁般的吸引力，是甩（抢）粑粑和甩（抢）硬币。男女老幼相候，大手小手相迎。抢的是热闹，是喜气，也是彩头。掌墨师的手和臂，抓、撒环环紧扣，像一根舞动的指挥棒，引领人群奔跑、扑倒，一会儿跌倒在一起，一会儿叠在一起，泥巴自然是彩妆的主角，花一块，湿一块，形成一幅特别热闹喜气的众生相。这种以速度和体力为尺子的游戏，孩子只乐意做尾巴和战果仓库，吸吮着发酵的兴奋味道，抱着父辈兄姐劳动的战果到处跑。

时间的故纸堆里，士农工商的排序，看不出工匠的优越和优厚。而在农村的自然生态里，工匠的优待都溶解在主人的脸上和眼神里。让人尊敬，又让人羡慕。只是，现在的孩子，愿意静下心来学手艺的越来越少，大多只是沉湎于指间快速运动，将传承的渴望消磨殆尽。

待到我长大成人，看得多了，也动手试过，才明白做一名工匠真的很难。除非具备悟性、韧性的禀质，精细、精致的特质，创意、创作的资质。

而今，社会分工越来越细微，科学技术越来越精尖，涉及每一项高端技术的开发和利用，都应该是一个工匠的拓展，都应该是一项工匠精神的践行。

　　几次回老家，到处寻找么舅箍的木盆，但未见踪影。大表哥当掌墨师建造的那栋房屋，也在风吹雨淋和年久失修中倒塌。那山那水的物质符号，也随着岁月流逝。

　　但愿，那些美好的记忆作为物质符号，能够永远留在那个村庄，那片土地。

教书匠

　　高山漆园里，风剑行走两端，入冬料寒钻骨，夏至清凉习习。冰花盛开，四月花期；三伏覆被，夜有寒意。村民禀性执拗，认死理和不认命。林界田坎鸡零狗碎分不出是非曲直，东挪西借砸锅卖铁全只为细娃读书。

　　老一辈吃了没有文化的亏。开学季，田地里没有一个娃；录取通知书，村庄上不允许揉搓烂一张。书声有温，文字带暖，这是村庄认的死理。

　　大叔杨廷忠是村小学的一名老师，住在新屋场。拿一根竹鞭子当教鞭。瘦高个子，手不离鞭，霜不下脸，一幅铁面老先生形象。时刻把"要用这根竹鞭子，把你们赶出漆园里"挂在嘴边。

　　大叔1945年出生，读过初中，是漆园里的"文化人"。1972年2月被村小聘为民办老师。自此开始了长达33年的教职生涯。

　　大叔把严厉写在脸上，让人望而忌惮和畏惧。当思想开小差、精力不集中、作业不认真时，两尺长的竹鞭子就在眼前晃动，手掌和屁股上的皮肉不由得记忆性痉挛。

　　村庄父辈里，大叔是民办老师，三伯伯在乡邮电所工作。自大叔当老师后，走出漆园里创业、工作的，就像惊蛰后的菜园子、山林子里嫩绿的细芽从枯黄的草丛和枯萎的树枝噌噌往外冒，一眨眼工夫，已是满坡满岭的绿意盎然。

　　大叔经常自诩手持"快马加鞭"。他把知识改变命运的种子，不厌其烦地播种和浇灌。知识加持下的村庄，渐成最难能可贵的风气和精神。

从 1972 年到 1997 年，大叔担任了 26 年的民办教师。

民办教师是一个历史感十足的身份标识。上课时是老师，下课时是农民。八小时内上课，八小时外耕种。半耕种半教书，两者收益混合相加，勉强度日糊口。

民办教师，这个出现在 20 世纪 50 年代的历史名词，2000 年走进时间博物馆。在人才奇缺的那个时代，他们是讲台的主力，是传道、授业、解惑的主体，也是国家扫盲工程和人才教育事业庞大的基础力量。

民办教师没有教师编制。搞大集体时，只按同等劳动力工分计酬。分产到户后，分配有承包土地，再支付少许货币工资予以补贴。

改革开放后，社会经济快速发展，体制内工作人员工资上涨，物质条件不断改善，生活成本也水涨船高。处在夹缝中的民办教师，身份尴尬，工资极低，很多人选择了逃离，但大叔却做得有滋有味。

佛经说："一切智慧和黎明同时醒。"村庄里，一切劳动和黎明同时醒来。

天刚麻麻亮，大人、细娃都上坡打猪草、割牛草、放牛、砍柴、挑水、挖地、薅草……大叔也一样，早上家务活做完了，匆匆忙忙刨口早饭，才赶紧赶急前往学校上课。放学后，先把堆集的农活做完，再批改作业、备课教案。

学校的钟声是学校的指挥棒，定时发号施令。一个废旧轮胎钢圈悬挂在学校走廊的外梁上，木棒轻轻一敲，洪亮的声音几里外都清晰可辨。敲铃也是大叔的职责，每天都像准时的钟摆，但凡上学他已路过场坝，落在后面的，都急得大哭。让人耳膜嗡嗡震动的上课铃声一响，落在后面到的，就进入了罚站模式。

大叔坚守所钟爱的教师职业，代价就是要付出双倍甚至多倍的劳动，才能补上生活生存必需的缺口。

每天既要不断给自己增内存条，又要给自己压千斤担。同等的空间和时间，他的肩膀，要同时挑起繁重的工作、学习和体力活。忙碌得来不及歇歇脚，又奔走在星夜兼程的路上。

大叔教书，认真又严厉。每节课，都认真准备讲义，一丝一毫都不含糊。他布置的作业，从不打马虎眼，必须逐一检查过关。过不了关的，不是加操就是"加鞭"，直至通过为止。

喧闹的村小学走着走着，也慢慢掉了队，最后在时光里落幕。学生从几百人减少到几十人，再到个位数。老师也由十几人，最后剩下一个人，以致变成一栋废弃的房子。

复式班，一人（教师）一校，一校一班……这些乡村教育发展过程的特殊标签，慢慢在时光里走失。但环境无论怎么变，都改变不了他对教育这份崇高职业的执念。

20世纪90年代中期，村小学也撤了，他只能到几十里路远的双娅岭小学去教书。外地教书，田地种不了，收入减少了，几十元的工资，连自己都养不活，他成了真正意义上的"白领"老师。

"只要让我教书，不给工资我都要去。"大婶看着大叔话语里的执拗和执念，只能用瘦弱的身板坚定地支撑在身后，让他备足口粮去教书。

1997年，国家政策出台，加速解决民办教师问题。苦了一辈子的大叔，终于迎来了身份和命运的转机。

一辈子用成绩检验学生，这次轮到自己。从准备学习资料，严格用要求学生的标准对照自己，不放过一个知识点，不放过一个公式。考试全优，大叔成为第一批民转公的幸运儿。他教的学习方法，通过自证是管用的。

转正后的大叔，成了在编公办老师。身份变了，工资增了，但风格一点没变。上班一身正装，下班一套行头。讲台上还是那么严厉，田地里还是那么勤劳。

记忆里，他没给我教过语数，也没当过班主任，曾上过一次美术课。不一样的是，上课时面有微笑，很随和。寥寥几笔，变魔术似的，一匹栩栩如生的骏马跃然而出，四蹄生风尘飞扬，一下子把我镇住了。

大叔于2015年退休。退休后，终于把老师的身份丢在一边，成为一名地道的农民。与大婶一道，日出而作、日落而息。

其实，现在的退休金也够二老开销了，但他仍选择耕种土地，仍固执地选择在土地里寻找收获的快乐和满足。

"我做了一辈子教书匠，一辈子没离开土地，也离不开土地。"这是他经常念叨的一句话。

有人说，教育不是注满一桶水，而是点燃一把火。是呀，远在偏远山村的大叔，既想方设法让每一个桶把水装满，又千方百计点燃每一名学生心中的那团火。

他既是一名独具匠心的长者，又是一名学真身正的师者。具有匠心、爱心、诚心。

幺嘎嘎

嘎嘎是对母亲双亲称呼的当地方言。外公叫胡嘎嘎，外婆叫小嘎嘎。幺嘎嘎是外公的堂兄弟。

与胡嘎嘎未曾谋面。当我睁开眼时，他已去世多年。祖父辈除了小嘎嘎，都早早地告别苦难，去了一个没有饥寒的世界。来自隔代的宠溺和疼爱，仿佛躲藏在屏蔽空间，接收不到任何微弱信号。也曾想象过，粗心的胡茬轻轻扎脸，变戏法地掏出一颗糖一块饼，以及煮面条碗底藏一粒两粒荷包蛋。这些都是隔壁小哥炫耀时嘴角上扬的神气。

记事时起，有一个叫幺嘎嘎的人，被父母一直挂在嘴边，让人无端猜想胡嘎嘎的亲热。四邻闹矛盾，去寻精神外援；家人有别扭，去吐露心中憋屈；遇大务小事，看日子选时辰；添丁加口了，取名字测八字。他就像父母生活中的一本实用的百科全书。

父母没读什么书，农民的思维、视野和表达的局限，都展露无遗。每次从他家求助返回，大多数时候态度和心情都实现了一百八十度的急转弯。心气顺了，绷起的脸松了。一群大小孩子心中悬起的石头也缓缓落地。有时在想，父母能把六个儿女抚养成人，没有走向社会的对立面，该是从他那里取得一些秘籍。

幺嘎嘎的父亲三兄弟，他的爷爷张继洲曾是一个老秀才。把两家的家谱翻破，这是唯一寻到在我辈血液中存留的一丝遗传的优秀基因。老秀才勤扒苦挣，省吃俭用，买田置地，也围绕盘龙溪周边，为儿孙积累下了一份不大不小的家产。到儿孙辈，也能混个肚儿圆。待到土改时，嘎嘎的父辈两兄弟被划为地主。胡嘎嘎这支因赌博输掉了庄田，侥幸躲过劫难。

幺嘎嘎出生于1931年，有一个衣食无忧、让人艳羡的童年。苞谷饭可果腹，粗布衣服可暖身，还可以读私塾。这是偏僻乡村公子哥们的幸福生活。读了四年私塾，新学办起后，又上了六年学堂。新中国成立后，学业中断。因信息闭塞、路途遥远和名额限制，失之交臂了一次从地主子女中招收人民老师的机会。从此开始了小人物戏剧化的悲剧人生。

地主成分是一张反穿的刺猬皮，不能抵御侵害，而是针针对准自己。只有苦涩的血水泪水浸泡出厚厚的老茧，才能苟延残喘地呼吸，守到拨云见日的亮光。母亲曾无数次讲述她目睹过的粗暴和粗鄙，让每一个曾经高贵的灵魂时刻游离在奈何桥边缘。母亲的语言贫乏，但她讲述的经过和细节，和我后来在书中读到的情境是如出一辙。因此，我就不能再粗野地挑开那些已经痊愈的伤疤，再往上面撒一把盐巴。

后来的一些事，断断续续从父母那知晓了片段。崖边三根木棍支个狗爪棚，就是寄身的房子；三块石头支个锅，就是果腹的家什。东乞西讨，东借西挪，延续卑微的生命。31岁那年，一个同样命运多舛的16岁姑娘嫁给他，重新燃起了他对生活的希望。改革春风吹来，他也修了新房，子孙满堂，家庭和谐，重拾了过往的幸福时光。

在我的印象中，他总是笑呵呵的样子，一幅淡然恬静、举重若轻的心境。经历过的那些苦难，不是痛苦的记忆，而是宝贵的财富。我曾询问过，新旧社会的感悟。他感慨地说："那时候的地主全家老小都要下地劳动，吃的是粗茶淡饭，穿的是粗布衣服，只是没有挨冻挨饿。按那个标准，现在普通人家比地主过得好。那时家里是有庄田，有雇工，都按一个标准落实，划成地主也不能怨谁。"

把微笑作为一种生活态度和心境，他看到的尽是希望和未来。对那些经历的苦难，好像整体失忆般，从不提及，从不埋怨。只是对领袖语录和那些古籍诗文，熟记于心，妙语连珠。

十年长学，一世艰辛。在那片乡土，他散发着作为一个乡村儒生的光和热，不为利，不图名，无怨无悔。帮人写对联，写碑文，写家书，替人看期择日，预测算卦，调解纠纷，安慰疏导，无所不能。大多免费，强付少收，贫者分文不取，在乡村治理这极，发挥着不可替代的重要作用。

我曾聆听过他的预测算卦，明显与故弄玄虚不同，他大多是对事物发展规律的分析，对烦忧症结的剖析，对纠缠不清的劝解，对福去祸来的警戒。与其说是算卦，不如说是疏导和宽慰。

而今，已86岁的幺嘎嘎耳不聋，眼不花，思维灵敏，记忆超凡。最难能可贵的是，他对国内外时事了然于心。这个不上网、不读报、不听评论，只是看看电视新闻的农村老人，其超凡的思考力、分析力和记忆力，不得不让人肃然起敬。

谁说不是呢？假如他没赶那个时代，假如他考上人民教师，他又会遭遇一个怎样的人生呢？

我开玩笑说："帮我算算命。"他说你的命不用算，而后就反复强调说："现在的清正之风，预示着最好时代的来临，能为老百姓多做点事，就是人生最大的福报。"在体制内觅食，我能真切地体会到，他这番话的期望、寓意、分量和重量！

从尘埃的视角，也能读出一部真实历史。

您要活一百岁。这是我的寄语，希望他把不堪的那几十年补回来。

躲狗的童年

柴门犬吠，是时间老人深邃目光中的人间烟火。

狗是人类的朋友。作为驯养最早的动物之一，与人相依相随、相惜相悯。温情与依赖沉淀于庙堂和民间的史籍及生活。

从狩猎、守院、看家，到参与军务、警务、救援事务，乃至于尊养为宠物。在时间长河里，狗深度融入生产、生活，也从未挣脱端上餐桌的厄运。

对狗的情感认同，我却是偏执和矛盾的。看见狗，噩梦般的恐惧再现。跌进黑洞洞无底深渊的绝望，对狗本能地产生神经质过敏性。

过往的村庄，出行基本靠走，安全基本靠狗。物资匮乏不减养狗护家的热情，反而三五成群，穷凶成灾。本分木讷的庄稼人，用最原始的淳朴敦厚守护家园。

村小的距离，是 1500 米长的崎岖土路。天晴一层土，雨天一脚泥。路过四户人家，穿过一户场坝。闯四关打五"颤"，方能安然端坐教室。

呼朋结伴，蚁行上学。靠近一户人家，预警一场战斗。手握棍子、石块、土疙瘩等防身的临时武器，一阵阵噼里啪啦，一串串汪汪惨叫。

那年夏天，我已 10 周岁。一帧灰暗，一帧惨淡，都存留在那里。放牛迟归半个时辰，错过了结伴而行，也错过了娃狗斗的剧目。

胆寒的独行，生硬地横亘眼前。

翻过谭家岭，黄家的三条狗，追跑半边山坡狂呼乱叫。土路沿陡坎拉伸，把狗隔得分明。狗快速来回奔跑，高分贝的夸张叫嚣，肆意炫耀着存在感。扔三两块土疙瘩，结束一次象征性斗争。

爬一座小阳坡，到达谭嗲嗲（dia）场坝。谭嗲嗲是远近闻名的杀猪佬，须发皆白，油面可鉴，不愠自威。其狗也是拖儿带崽，穷凶极恶，让人生寒。每次路过，吸进呼出的都是冷气。左手挥舞一根刺棍，右手扔两坨石块，主妇及时露面呵斥解围，胆战心惊地脱离危险。

松了一口气。学校已在眼前，只间隔三户张姓人家。

第一户的狗闻声跑出，例行公事般汪汪几声，便缩了回去。

临近第二户，屋边觅食的两条狗，瞅到人，以冲刺的姿势狂奔过来。"拐哒"，心中暗叫，头脑一片空白。急匆匆抓扔土疙瘩，惊慌慌舞动刺棍，颤巍巍哭喊救命。

就在一瞬间，恶狠狠的狗嘴，把人扑倒在地。

眼前漆黑，乌云压城。惊吓、恐惧和疼痛，如狂风暴雨席卷而来，瘦弱的身子像一片无助的树叶在大风中飘摇。

狗主人赶到，撵走恶狗。场面惨不忍睹，浑身上下裹满稀泥巴，两只裤腿被撕成碎片，左腿外胯部被重重撕裂。

神志稍稍恢复，身体被钻心疼痛和极致恐惧强行装满。一股新鲜的、浓烈的血腥味像海水一样漫上来，鲜红的，黏黏的，把我覆盖，把我淹没。

记得狗主人曾随手摘些草药敷住伤口。坚持放学返家，父亲继续敷些草药直至伤口愈合。

当时，没有动物撕咬感染重大传染性疾病的风险常识普及。也没有狗主人的愧疚和安慰。只有，左腿外胯侧一寸半长的疤痕，镌刻在身体里，时时散发出呈堂证供般的真相气息，真实在刻录着一个村庄一个时代的逼真生活。

后来，知道了狂犬病这个名词，以及狂犬疫苗和假狂犬疫苗这些词组。在满脸泪花感叹生命力强大和幸运之外，站立在时间轴线，总有幻觉般的惊恐惊悚。

真实的世界，总是渺小和丑陋共存，伟岸与困苦衍生。困顿的岁月，一切都让位于生存，一切都听令于宿命般的无常。

对狗的情感纠缠，于我，无非就是一道疤。有意触摸有点糙，无意间，这是一种极限的生存体验。当疼痛被时光慢慢冲淡，也会反向转化，成为某种无穷的意志和力量。

那个视狗为儿子并暴打路人的男人，把我拉回残忍的童年记忆。对宠物的依赖和情感，人们惯于以己推人、情感错位。宠物是主人品行的外衣和载体，如果规则和约束缺位，只会导致人兽身份错位的恶果。

万物有灵。在狗的故事里，有太多感动和感恩，已超越兽性甚至超越人性，让人类无限依赖、无限依念。因此，在情感的骨子里，狗肉确实让人矛盾和踯躅，总有一种难以名状的怜悯让人难以下咽。哪怕我曾经那么憎恨它们。

狗通人性，养狗随人，这是庄稼人认准的真理。正如谭嗲嗲家养的狗，表面恶毒到家，却并没伤害人。

他家的狗，有梯次结构。老小配、公母配，只只凶神恶煞、霸气侧漏，这和他家杀猪手艺的油水是匹配的。上学放学时，他家总有人有意或无意在石阶屋檐边忙碌活路，总会有人适时制止狂躁的狗。

杀猪佬自带不怒自威的恶相。谭嗲嗲也不例外。据说他是民国时期当逃兵，流落到偏僻的梳马庄谋生，后被当地人善意接纳，分地分山，手艺谋生，开枝散叶。

　　杀猪是个技术活，讲究特别多。杀猪择日要避四、六日，要选黄道吉日，否则六畜不兴，四季不旺。据传杀猪时如遇会法术的人搞鬼，会让猪断不了气，甚至离凳奔跑，让老师傅出尽洋相。更有传说，杀猪佬会根据猪的死状，判断出主人家来年的吉凶祸福。猪叹气，有口角；猪摆头，煞气留；血鼓泡，喜事到……

　　谭嗲嗲杀猪技术高超，手起刀落，一刀见血。关键在预测断言时，知无不言，言无不尽，用独特的方式帮人情绪疏导。因此，七里八乡的老百姓既信任他，又依赖他。

　　后来，他把这门技艺传给女婿和一个堂兄。

　　谭嗲嗲已去世多年，咬我那只狗也不知进了谁的肚。

　　记下这段文字，与过去岁月握手言欢。

父亲的日子

时间又翻过了一页。看着父亲日渐苍老，背更佝偻了，耳更背了，心里涌现阵阵酸楚。

父亲是一个地道农民，老实巴交，卑微如大海里的一滴水，沙漠里的一粒沙。极端贫困年代，生养六个儿女，拉扯成人就是无言的赞誉。

父亲离不开土地、离不开背篓，就如鱼儿离不开水、瓜儿离不开秧，把温饱寄予山坡黑土，把希冀寄托背篓打杵，用汗水浇灌，用厚茧护卫。

父亲有一句口头禅：灰里要刨出一颗盐黄豆。这是他朴素的生命理想，是对命运自发的抗争，也是在漆黑的夜晚劳作，闪现在他眼前那道似有似无的亮光。缺学费、缺口粮、缺衣穿，是那个时代农村求学道路上绕不开的荆棘，哥姐纷纷选择了放弃，"灰中刨出盐黄豆"成了完成不了的童话故事。

诗人的日子，就是行行浪漫和诗意；歌者的日子，就是声声愉悦和舒适。而父亲的日子，就是憨厚微笑、沉默不语，以及粗粝的背篓、呛人的土烟味和浓烈的苞谷酒。

很长一段时间，背力是父亲生活的全部。15岁那年他父母先后去世，他成了半大不小的孤儿，跟随村里的成年男人，步行上百公里至四川云阳、恩施县城，背食盐、背百货、背农资，用柔弱的身板和稚嫩的肩膀，背负起他沉重的人生故事。披上牛皮坎肩，背上扁背篓，拿上打杵，穿上草鞋，带上干粮，开始了艰辛的生存之旅。反复听过他讲的故事，草鞋穿烂打赤脚，路边和衣而眠，遭遇凶猛野兽，遇到棒老二，这只是一路司空见惯的插曲和奇遇。

直至我记事后，父亲还在给集市和小卖部背百货、背农资，用厚实的汗渍换取稀薄的钞票。有一次印象特别深刻，他给村里小卖部背的饼子和白糖，稍稍错过交货时间，作为村主任儿子的售货员蛮横地不许交货，父亲只能悄悄把一背篓珍贵的货物藏在厅屋的角落，生怕有丁点儿闪失。可是，当一股奇异的香味飘进饥肠辘辘的嗅觉系统，我们依味索骥，很快发现了新大陆，哥姐没抵挡住诱惑，偷出一筒饼子，每人发一个，饼子被瞬间狼吞虎咽掉，余下的分藏在破损的墙洞里，然后若无其事地躲在被子里偷着乐。这是我第一次吃饼子，味道香甜无比，酥味沁脾，回味悠长，这是味蕾最深刻的一次印记，终生难忘，以至于父亲力钱全部充抵，以及竹鞭子抽在身上撕裂的疼痛都逐渐淡淡逝去。

生活的磨砺，锻造了父亲一身真功夫，成为村里肩挑背驮的一把好手，背挑两三百斤不在话下。天不亮，挑满一缸水；早饭前，割山高一捆草；放工前砍一大捆柴，下雨天挖一大树蔸；背牛粪播种子，挑稀粪淋青苗；马篓筐背洋芋，花秧筐背苞谷。父亲很努力，鸡叫三遍起床，月落柳梢睡觉，忙里忙外，从不停歇。可是，日子却故意跟他作对，无论丰年也罢，灾年亦然，交足公余粮，缴清税和费，口粮总是青黄不接，手头钱物几无盈余。一到年关，他就要走东家借西家；一到开学，他又要乞爹爹求奶奶，仿佛变魔术般，让日子缓慢地流淌。无数个夜晚，当我半夜惊醒，昏暗的煤油灯下，父亲一言不发地坐在火炕边，狠狠地抽着土烟袋，白烟袅袅萦绕、眉头紧紧蹙锁，父亲杂味纷呈的日子，随浓浓的土烟味，被深深地吸进肺里，严实地藏在心里。

父亲好酒、嗜酒。当饭都吃不饱的时候，酒就是十恶不赦的奢侈品。只能是逢红白喜事、过年过节解下馋，遇到娘舅、姑爷赌酒时，可以借机开怀畅饮。后来，待到儿女们都成家，改革春风劲吹时，经济条件好转了些，粮食丰裕多了，苞谷酒作为生活的日用消耗物资走进了父亲的生活。一日三餐，饭可以不吃，但酒不可以不喝。吃大碗肉，喝大杯酒，高强度劳动，一如既往，没有停歇，可身体却无大恙。这种生活，应该是父亲理想中的幸福生活，酒里的日子异常芳香。

母亲中风后，父亲不得不离开他挚爱的乡土，告别没日没夜地劳作，迁徙小城专职陪侍相伴半个世纪的老伴。生活习性没变，劳动量骤然减少，父亲很不习惯。而且意想不到的麻烦也接踵而至，让子女们引以为傲的身体，也检查出危及健康的高血压和高血脂来。限酒，限肉，使他情绪很低落。我知道，这不是父亲想要的生活，离开了泥土的气息，就像断了线的风筝，让他失魂落魄。

如水逝去的日子，父亲肩上的重担何止千钧，但他一直微笑面对，没有怨天尤人、轻言放弃，也许，在他的潜意识里中，也没有怨的一丝影子。正是他的这种微笑和坚持，给予我们无限的激励，让我们拥有了一生最宝贵的财富。

父亲的日子，卑微、普通，几乎没有悸动心弦的情节和波澜，但他平实，让我感动。

母爱无声

母亲笨拙地摇动右手，含糊的语音表达和僵硬的肢体动作生疏组合。单调的肢体语言，饱含着慈爱、焦急、担忧，以及无奈、无助和责怪等复杂的情感表达。

失语和失能后，能准确领悟她丰富表情的亲人越来越少，孝顺和关心也在时间里悄悄融化。眼里溢出汹涌的无助和孤独，漫无边际地四处流淌。每每眼前晃动困在浩瀚痛苦里的母亲，内心瘫软若沼泽，痛楚如满天飘舞的冰凌，劈头盖脸袭来。

2019年正月初四的暖阳，眉开眼笑地追逐着春节长假。心无旁骛地守岗和替岗，拖儿带崽蹲守在单位公寓楼、办公室，心事随着脚步在营区环形道上疾走，小城几条街巷外的四位老人，咫尺又遥远，稔熟又陌生。

十一时许。倏地，老三来电接通，心头一紧。传出的不是老三发出的专属我能读懂的含混音节。"你妈……说……不……得，动……不……得达。"隔壁老贺结巴地喊道。火急火燎的恐惧和紧张扑面而来。

"糟糕，只怕这次…要向生活缴械投降了。"一丝不祥掠过心头，心乱如麻，空洞而紊乱。

母亲是第二次中风。我赶到医院时，大嫂一家刚好把妈送到医院。母亲目光呆滞，流着口水，肢体僵硬。陌生而怜悯的样子闯入眼帘，汩汩眼泪奔涌而出。一辈子要强和倔强的妈妈，瞬间被病魔打得丢盔卸甲。

颅内干净，没有脑溢。幸运之神的指间漏出微弱的光。只是，床、药、轮椅的魔咒降临，等待她的是无尽的漫漫长夜，生活定型成坐卧姿态。

躺在病床上的妈妈，长成任性顽皮的孩子。每间隔几分钟，右手用力或摇或敲床沿，一会儿要坐起来，一会儿要躺下去，一会儿要换尿不湿，一会儿要翻身，一会儿要喝水，如此往复。稍稍停一下，又把尿不湿扯成七零八落的碎片，昼夜不间断折腾，几乎未给护理的儿女媳婿轻松合眼的机会。

孝在轮班看护中转动，养儿防老看似在这个季节开花结果。晚辈任由母亲"无理取闹"，让她在情绪闹腾中发泄胸中积压的绝望、孤独和无助。无助不断发酵，无力不断蔓延。火山爆发般的负面情绪，把母亲一生的坚强摧毁得片瓦无存。

当每一个生命面对绝望和恐惧的深渊，茫然无措、脆弱如丝都是与生俱来的本能反应。

晚辈的坚持，也慢慢掺杂着抱怨和无计可施，也慢慢被各种缘由挤走。

病情稍稍稳定后，出院回家，开始了家中护疗的长途跋涉。

保姆看护，父亲替补。家中突增一个病人和一个外人，彻底把父亲一辈子极俭的习惯打碎得七零八落。吃、住、用任何一件琐事都可能是家中矛盾的导火索。保姆阿姨走马灯似的来了去、去了来，一群儿女偶尔来、转身去。

转眼，一年慢慢翻过。妈妈在痛苦承受和抗拒中慢慢接受现实。即将迈入耄耋之年的父亲也在漫长的照护期逐步摸准了病痛中母亲的禀性和习惯，吃力地用孱弱的肩膀扛起独自照顾母亲的重担。

一辈子在田地刨食的父母，母亲第一次中风后不得已迁居城郊，只提供了简单生活保障。闲不住的父亲，在房前屋后旮旮旯旯开荒种些菜，足可供给十几口人的分量。

　　这种一厢情愿的迁徙，未尝不是一种粗暴的爱和孝顺。俗话说，叶落归根。农村老人异地养老，更需要心贴心的爱、疏导和引导，更渴望心与心的对话、宽容和谅解，更需求背靠背的约束、自律和监管。简单的物资供给，给不了迁徙农村老人的晚年幸福。

　　母亲已不能言语，但思维十分清晰。每次看到儿孙前来，仍用手势指挥父亲去忙这忙那。有时，父亲也翻译不出母亲的要义，只能用轮椅推着，这里翻翻，那里看看。母亲的用意，无非是吩咐父亲去拿些腊肉、黄豆、大蒜，让我们带回家去；无非是吩咐父亲去取用些零食、水果，让孩子们食用……

　　当我不得不奔袭到另一座城市求生存，父母就成了两片随风飘摇的浮萍。离久看望，每次她都紧紧抓住我的手，须臾不得离开。松开片刻，她就急急地笨拙地摇动右手，像极一支漩涡中摇曳的木桨，让我泪流满面。

　　太多的借口，汇集成浩瀚的海，我就是那艘海上漂浮远航的渔船。

"泰山" "泰水"

　　与友人闲聊，谈及父母和岳父母，谈及他们对子女、对孙辈的严管和溺爱，都不约而同地发出感慨，不同年龄、不同时期、不同对象，爱的表现形式也可谓千差万别、千奇百怪、千姿百态。特别是父母对女婿的情感，既是放大式的宠爱，又是无原则的疼爱，更是满盈盈的期待。常说的，"丈母娘瞧女婿，越瞧越喜欢"，就是最精辟的总结。忽有人问及岳父母古代的称谓，均知岳父为泰山，大多则不知岳母古时之称呼。

　　叙毕忙查资料，古称岳父母为泰山泰水。因泰山古称东岳，故妻父又称岳父，妻母则称岳母，这应该是最明确的表述。欧阳修在《归田录》中也说："今人呼妻父为岳公，以泰山有丈人峰。"

　　我的岳父岳母给人的印象就是一对模范夫妻，也是泰山泰水的基本形态。岳母林氏，是恩施老城六角亭林家巷地道的城里人，系原通用机械厂退休职工。岳父姓郑，是小渡船黄泥坝村人，当兵前是村里的会计，转业后在一政法单位上班直至退休。他们的独生女儿，就是漆园那山旮旯杨幺哥家的四儿媳妇。

　　农村和城镇没有距离，近得只有一张薄薄的纸片——户口；城里和乡下确有距离，远的时候相视却遥不可及——观念。而我们两个家庭似乎没有距离，走近他们，我就是他们家庭中的一员，包括我的兄弟姊妹、姑伯姨舅。他们没有城里人的优越，没有郊区人的势利，没有单位人的气势。记得结婚前的一个周末，正好那天在他们家混饭吃，二姐一行三人拟外出务工，路过恩施。接到电话，我就忙里忙外订餐订宿，准岳父知道后，很严肃地对我说："你什么意思，我们现在是一家人，你们两个快去车站把他们接过来，在家里吃饭，在家里住。"自己转身就去炖腊肉、烧鲢鱼、蒸香肠、煮笋子、炒菌子……满桌鱼肉，满桌热情，而今仍记忆犹新。结婚后，我的父母才来到城里，两亲家终于见了面，他们东扯扯、西拉拉地聊着，岳父母脸上始终洋溢着笑意，看得出满脸的真诚。我的母亲过七十岁寿，岳父也随我们一道来到老家，第一次坐上我家的餐桌，虽然冷风习习、菜肴稀疏、菜品单薄，但看他吃得满嘴溢香，藏在心头的担忧和顾虑才慢慢地散去。这样的家事，每天在持续，在储蓄，在沉淀，每一次都让我的心颤动，感到来自生活的善意和温暖。

待七姑八姨的热情，在岳父岳母家渐渐形成一个习惯。大门常开，有客常来，厨师岳父很愉快；待女儿女婿的执着，感动成为一种常态，可口饭菜，营养热汤，吃饱喝足仍埋怨；待嫡亲孙娃的偏执，溺爱成为一个借口，肆意放任，随意迁就，到头却是一头包。

他们的性格，表现在待人接物上就是特别善良、特别真诚、特别厚道。待人接物低调热情，处理事务大方得体，考虑问题周密细致。这些都无法掩饰岳父大男人主义的霸道，无法隐藏郊区小农民意识的无理，无法回避性格本身的倔强。渐渐老去的他们有时也拧巴，为饭菜的咸淡、多寡和荤腥，为消费的类别、频次和品质，为娱乐的时间、对象和结果，等等。这些都只是一个常人的常态，一个凡人的真实。

孃孃

孃孃是我唯一的亲姑姑，已经去世两年了。

父辈嫡亲成人五姊妹，兄弟四人为祖屋、田界、林权等，经年诉诸司法直至大多先后羽化尘埃仍乱麻如初，关系恶化不及外人，邻里戚外人际关系亦猜疑而紧张。孃孃外嫁本地富庶的鱼米之乡杨柳池，是父族中仅往来走动的长辈。在我的记忆中，孃孃见人就是一脸慈祥的笑，嗓音大，风风火火的。

我们两家相距30多里山路，海拔高差800多米，要翻越三座大山，步行近六个小时。当大人吩咐走亲戚去她家时，就是溺爱和福利，那高兴劲自不言说。相对于可放开肚量大饱口福的美滋滋的米饭、油渍渍的年肉、香喷喷的花生、甜丝丝的橘柚，翻山越岭长途跋涉的劳累都是美味。家中排行老幺，我得到美味的机会自然最多，留在脑海的记忆尤为深刻。

物资极度贫乏的年代，家底殷实就是优越的荣光。在我的记忆中，孃孃家柜子和粮缸的谷米总是满满的，挂在房屋梁上的腊肉用指头数都数过来，藏在床下的柚子、埋在谷里的橘子让人窃喜不断，锁在箱子里的糖、瓜子、花生让人期待不已。

她家的状况与我家一贫如洗的强烈反差，仿佛就是现身说法的一次励志教育，在心底始终以有这样一位至亲倍加感动和自豪。

孃孃没读过书，是一种与生俱来的勤劳和善良。刚迈进中年，姑爷因赶集遭遇暴雨在清江河失踪，寡居的她坚强地撑起一片蓝天。抚子带孙、烧茶做饭、犁田打耙、插秧薅草，轻重活路、里里外外全落在她一个女人的肩上。

披着晨曦、踏着雨露下地劳作，沐着月光、伴着蛙鸣疲惫收工。日复一日，年复一年，播种了希望，收获了丰收，撒下了期待，汇聚成关爱。

从我有记忆起，她就和儿子媳妇分家过日子，带着一个男孙日子过得有滋有味的，供孙子读书、娶妻，反复帮忙带重孙，代儿履行抚养责任，用毕生的精力为子孙遮阴挡雨。供孙子上最好的学校直至不能继续求学为止，竭力提供最优质的学习条件，准备最完备的彩礼娶亲，她一生为儿孙都在寻找生活的最大公倍数。

杨柳池方圆几公里都叫嬢嬢五婶或五奶奶，谁家有红白喜事都要请她去主厨。聚居在漆园里、花被和蔬马庄的几十户杨氏后族都与嬢嬢交好，谁家有大务小事她都要到场贺礼；谁家有困难，她都尽全力帮助。为人做事处处透出大气、大方和宽容的气质和气场，与其他父辈兄长目光短视、自私自利、小肚鸡肠的性格形成鲜明对照。儿时多少次就此进行比较反思，一直把嬢嬢视为杨氏族人的精神标杆，时至今日，她朴素的价值取向和性格特征仍是吾族中人不可逾越的精神高地。

在我的人生里，在一些重要的人生节点，总有她热烘烘温暖的大手掠着。每次走亲戚返回时，都要带上10多斤谷子，里面藏着一截膘厚的腊肉，那可是全家一个月打牙祭改善生活的食材；上高中时要粮食换粮票，背起200斤苞谷上街就卖，从来没提半个还字；上大学时差学费，她卖粮卖肉，凑成一张百元大钞颤悠悠给我送来；结婚时，她又委托妈随了一份重礼，每一次，都让我感动得要哭。要知道，从我上高中时起，她就是近70岁的老人了，后面还有一班跟尾巴的儿孙。

嬢嬢一生基本上没离开过生她养她的土地，连去一次恩施城都是一个遥不可及的梦想。我在城里成家有一个落脚地后，就一直想把她接到城里来，了却她一个心愿。那年老婆生小孩，我姐带着她和妈一起，来城里小住了几天。那时，经济条件不好，工作又忙，仅宅了几天就匆匆返回。给她在皮鞋厂定做的一双老式皮鞋推揉半天才勉强收下。现在想来尤为内疚和自责，为什么不暂时停下所谓繁忙的工作，带她去看看城市的变化、周边的景点，给她添置点服装、鞋帽？为什么不多留点时间陪她坐坐多拉拉家常？

一晃几年，她到了八十几岁的高龄，听父亲讲，她很健康无病无灾，还种着几亩山地，自己劳动养活自己，不是家庭不够和睦导致心情不好，我猜想她活过百岁也许并不是神话。有时给丁点儿零花钱给她，据说大部分被儿孙列支，独立劳动、自主支配一辈子，而最后连支配都不能自主，这是要强了一辈子悲哀的宿命。

嬢嬢是因病去世的，就是普普通通的感冒。先是咳嗽，后是卧病不起，直至不能进食，最后艰难地走完了一生。听说，儿孙们去乡医院及村卫生室开了感冒药，开了中药汤剂，她去世前还想吃水果和快餐面。她去世后，床沿边留下了几个硬如铁块的饼子。

嬢嬢去世后大夜当日，正值有一重要公差事宜，但当日头等要事是跪送亲人安息。心里在想，家有农合医疗保障，如果送医院及时救治，小小感冒夺不去慈爱一生、勤劳一生、最尊敬的亲人嬢嬢的生命。小病靠扛、大病靠躺的惯性思维，还要时间来慢慢说服。在她的灵柩前长跪，只能心语一番现实中的无奈和苦涩。

嬢嬢，你永远铭刻在我的心中。

漆匠哥哥

　　地图上都寻不见的山旮旯漆园里，据说曾有一棵壮硕的漆树而得名。自然有很多关于漆树、漆匠和漆具的故事。疯长在野坡，错落有致栽在田坎。这些山民的宝贝疙瘩，也是长在历史尘封里那层薄薄的不朽琥珀。树干可割取生漆，籽可榨取食用油，叶可提取栲胶，根叶可制作土农药，风干的漆还有通经、驱虫、镇咳功效。特别是生漆，作为一种古老的防腐、防锈和美化的涂料，渗透在我们过往和现在生活的旮旮旯旯。

　　漆匠的月牙刀，对准那份熟透的呼吸和喘息，挣脱粗糙厚重的包裹，迎来浓酽稠密的甘霖。一个人，一棵树；一门薪火相传的技艺，一段历久弥新的历史。

　　"上树像猴子，下树像梭子，走路像叫花子"。这是给漆匠的画像。绑梯上树，挥刀去皮，斜割沥液，折盒拢漆，架筒收漆。气贯长虹，一气呵成；肢体舞蹈，重心频移。这是一个体力活，更是一个技术活。生漆对皮肤有刺激性，易滋生过敏性皮炎，严重者肿胀生疮。与之亲密接触，必戴帽着靴，厚衣裹身，然漆斑密布，仍指黢掌黑，活脱叫花子形象。

　　在流逝的岁月河流里，漆匠曾是一个自伤而自赎的行当。肤有伤而肚可饱，技学成而家可养。能抗御自身生理强烈的反抗和挣扎，能坚持到最后的寥寥无几。家兄三人都曾尝试割漆，唯二哥坚持至今，几成村庄唯一的老漆匠，成为支撑四面透风的破屋未倾覆的那根最壮实的木柱。

读苦书、刨田地、学手艺，这是横亘在 20 世纪 80 年代农村青年面前的路。读书无钱交，种地不果腹，摆在二哥面前的，是一道毫无选择余地的单选题。不要师傅钱、竞争相对小、伤害身体大的漆匠手艺，是生活伸出的橄榄枝，成了他的不二选择。

16 岁那年，二哥尾随着老漆匠，问东问西；蹲坐在漆树下，眼珠直转。一个星期后，脑门一拍，立拜弯拐棍为师，置办起了月牙漆刀、楠竹漆筒、高筒靴等家当。包漆树、算漆账，像模像样地干起了割漆的营生。

夏至开口，寒露收手。跨越夏秋两季的飞刀破阵，是漆匠嘴里欢快淋漓的时令欢歌。"一刀开口两刀漆，刀刀割在心窝里，十天一刀是正理，九刀过后无液溢。""牛眼睛口，楠木叶兜，好像在笑，其实泪流。好漆像清油，倒起美人头，摇起虎斑色，扬起钓鱼钩……"这些口中唠叨的顺口溜，既是操作方法和辨别口诀，也是人与漆水乳交融与人生体悟。

黏稠浓密的生漆，以火烤测其分值论优劣。漆园里地处高山，生长周期长，三伏天产出的生漆可以烧出 8 分，属上等优质漆品。就是前后几刀的生漆，也可以达到 5～6 分，这完全可以和闻名遐迩的利川坝漆相提并论。但罩在本无差异的液体身上的外衣和名牌，导致了身价的千差万别，虽也混入漂洋过海、高价竞卖，却只能冒充赝品，偷偷为他人做了嫁衣。

作为漆匠的二哥，眼睛红痛，脸上死皮，特别是一双手，被一层层黑黑的漆壳覆盖着。这种对生活自虐式的抗争，当生漆换回零钞和粮食，二哥的眼神里就泛出自豪的光芒。20 世纪 80 年代，生漆 5 元 1 斤；20 世纪 90 年代，10 元 1 斤。割 300 来棵树，收获百十来斤漆，净收入可达 300～600 元。为了极贫的家庭，他用自伤和厚茧，付出不可替代，辛劳无怨无悔。

在物资匮乏的年代，生漆是稀罕物也是紧俏货。刷家具、刷门窗，刷桌子柜子面子、刷寿方……生漆都是必需品。除定时卖给供销社外，私下买卖是常有事。二哥借着这个渠道，认识和结交了一批吃公家饭的，以及社会上混得两面光的人，他凭卑微的手艺也让自己的生活风生水起，让人羡慕不已。

直到村庄大力发展种植白肋烟后，他才放弃全职割漆的生计。随着各种各样漆品的生产和使用，生漆的用武之地也少了，年轻人出门打工的多了，愿意学这门手艺的已经没有了。但他一直坚持每年割一点，存一点。他说是为了漆刷父母以及自己的棺材板，为了满足邻里少量的购买需求。也许，是在用这种方式追忆那渐渐消失的漆树，怀念这门无人问津的传统手艺。

二哥初二那年辍学后，听力开始下降，现几近失聪。他的失聪，除了缺乏医疗常识和条件，更有可能是过分劳累结出的恶果。生活的重压，造就了他一身的强大，锻造了他一身的聪慧。什么手艺看着就学会，干着就顺手，很快就精通。

身有疾而心更强。他有一颗强大的内心支撑，认为只要努力就能搬掉挡路的荆棘。"不能让上不起学在弟妹中重演，不让饥饿的气息盘旋在家的上空。"这是他多次与我掏心窝的话。在那些最艰苦的岁月，他总是背负起生活厚壳，信心满满地蹒跚前行，把一个个沉重无比的困难背负上岸。

在卑微的大家庭里，二哥是睿智的，也是勤劳的，他站在尘埃里，为自己立了一个标杆，让我们无限靠近。

拾掇青涩记忆

凌晨，慢慢睁开惺忪的双眼，习惯性拿起手机，查对时间、刷新微信。高中群晒出一组发黄的照片和留言，瞬间，时间机器把我的思绪拉回到那个毕业季，回到那个激越不歇困窘不屈的青涩岁月。

读书，于农村孩子来说，是父辈的希冀，是兄辈的期许，更是对自身命运倔强不甘的反抗和救赎。天资不慧、极度贫困，是我小学到大学求学旅途的关键词。

我的求学经历，冲过了四道考试关卡。每一次的纸上论道，都演化成生存方式的抉择。

我们读村小时，有三个老师、三个班五个年级，两个教室是复式班，教和学的时间分配相对均匀，边听课、边做作业、边玩耍。学习轻松自在，触摸不到城乡教育的差异，感觉不到资源不均的压力。升六年级是第一道关，1/3 的伙伴止步于这道门槛，稚气未脱就拥抱白云黑土。而我们这一拨小伙伴竟然创造了奇迹，村小那个班，有 4 个人实现了鲤鱼跳龙门的夙愿；六年级那个班，还冒出了一个全市的高考状元。现在想来，无论外因还是内因，学习成绩与自身的努力关联最为紧密。

于我，命运之神每次都特别眷顾，凭较低分数勉强一线入围，在唏嘘命悬一线的惊诧中缓步前行，小学、初中、高中乃至大学，我都遇到了好老师和好伙伴，没有另眼相待和过分挤压，幸与自卑孤僻攻击的分裂畸形人格擦肩而过。

物质的极度贫乏，给我的记忆是铭骨镂心的，有时都让自卑丢失下限。两餐饭盒煮苞谷面死坨饭，一身四季不更的衣服。一碗米饭、一片肥肉、一勺子鲊广椒，有时都是遥不可及的奢望。那时最怕的一句话，就是班主任在课堂上宣布，没交学费的放学后留下来。那时脸瞬间红透，感觉几十双眼睛仿佛几十支利箭，齐刷刷地射向我。羞避不及，万箭穿心，恨不能找个地缝钻进去。

孩提时，内心曾无数次奢望，若老师单独告之，或许就尴尬得轻松些。脸皮太薄，淡忘也快。只要学习取得一点点进步，得到老师的一句肯定和鼓励，这些不快瞬间就灰飞烟灭。

那年月供电时断时续，早晨夜晚学习，照明用的是煤油罩子灯，用弹簧给玻璃罩子护体。五六十盏油灯点亮，教室顿时灯火通明，亮如白昼，暖如壁炉。那时，不太需要老师特别督促，早起晚睡做题背书都是暗地较劲，看谁起得最早，谁睡得最晚。记得我的起床最早记录是凌晨4:30，可是已有四个女同学先我进教室，只能自叹弗如。

从小到大，从不想把背面示人，也不渴求得到异样的同情和照顾，一直在自顾自怜的屋子里躲藏。真正了解到我实况的高中班主任李裕喜老师，他是我一个村的老乡，老家与我姐夫家毗邻，当他得知我因家遇特殊困境面临退学的信息后，立即托人捎口信叮嘱千万不能辍学，并给我申请困难补助补贴，在精神上物质上给予极大帮助和鼓励，让求学经历得以延长。

求学中，遇到了很多知己同学，富贵的没有嫌弃我，聪慧的没有遗弃我，都给予我极大的帮助和关爱。小学时的招兵，让我共用床单和盖被；初中的自清，给我打气和鼓励；高中的恩子和起燕，给我接济和帮助；大学的光华、守兵和家顺，让我有了自信和方向。当然，还有很多很多同学，比如谦逊的振华，热心的诗勇，幽默的文学，义气的新宇都不赘叙，就把那份情感藏于心底，让它酿成一罐陈年老酒。

成长中，也有一种懵懂的情愫在生发，也曾无数次书写过洋洋洒洒的书信，很多次都是写完了再决绝的撕掉，只有极少数寄过，但很少有回音。直至某天与心林同学（现已是教授）交流时，英雄所见略同的感慨说，物化时代，吃不饱穿不暖，连荷尔蒙都被自卑无端压制，无法横冲直撞冲出心阀。

那些青涩岁月，经过时间的打磨，已渐生华发，略显老态。但，青春无悔，那是我们每个人都毕生珍惜的。

满天星辰，哪一颗是他眨巴的眼睛？

星月皎洁，漫天璀璨。晚风悠悠过，广寒独酌愁。僻野村庄漆园的夜，播撒一路追星逐月的童趣。儿时司空见惯的清风明月，不想到了恩施山城也成了罕物。

今夜，难得一遇满天星辰。月光不流，风儿不急，虫儿不躁。散步月影斑驳的园林小道，似乎感应到引力波的奇异能量，不由忆起嘴角挂笑、英年早逝的向满天同学。

定睛凝神，心潮澎湃，思绪万千，悲泣不已。尤怨上天忌俊才，擅发天问可知否：满天星辰，哪一颗是他眨巴的眼睛？

与满天初中同学，隔墙相习，不相往来。每次考试发榜，榜首均有其名，稳坐学霸宝座。高中不同校，传闻成绩一直居上。高考失利后，同在小城一所二本院校就读，同校不同系，偶尔见面点头招呼。

他学的专业是物理，专业课学得很棒，选修课计算机也学得通透。大四将近毕业，我像无头苍蝇到处乱撞寻觅养家糊口工具时，他早已由学校选派到华中科技大学，作为留校计算机老师提前培训，才感受到差距是与生俱来的。

那年去武汉找工作，举目无亲友，凡熟人冒昧投奔。第一次生活中相处，他待人热情，接物得体，为人大方。他与新宇同学一起，整整三天时间，好酒好菜款待，腾出床位安身，把同学情谊诠释得淋漓尽致。

结婚那年，拟购买一台电脑家用。咨询他后，主动承接了免费服务。他从经济、使用和专业等方面综合考量，建议自行组装。开出清单，列出品名，标出价位，多案备选。搭车挑选配件，动手安装软件，逐一调试功能，手把手教授操作。从早到晚，没有休息片刻。细节上精益求精，调试上细致入微。最低价格收获最佳配置。当时，他已桃李成蹊，随便指派弟子代办即可，其较真劲可见一斑。

后来，各自奔忙于生活和生存。又遇通信公司裂变时代，通联方式走马灯式变换。联系中断，不遇不扰。直至某日散步邂逅其父，方知其耕读不辍，早已离开原单位教职，一气呵成读研读博，已是南昌大学副教授。从此，通上了电话，留了QQ和微信，时时在朋友圈调侃和点赞。他的朋友圈，生活类睿智而幽默，学科类敬业且专业。

有一次，他发了一个公开课链接，是全国一个前沿科研类成果展示。静下心来认真看了几遍，课件专业，讲授精彩，专业知识似懂非懂，但讲解的技巧、节奏、表情运用都恰到好处，后获得全国大奖。当时他已为副教授和高级工程师，即将遴选为教授。他研究的课题前沿，在全国均排名靠前。

他从沙地乡山沟沟出发，已登临一座大山的峰顶。上进终于遇见最好的自己。

2015年暑假，他专程回沙地花被老家小住，期间相约同学相聚。这是分别13年后再见，相互都高兴不已。他还是满脸堆笑，像个可爱的孩子。话语还是绵里藏针、幽默风趣，虽学有大成仍调皮阳光。十几年的话题，十几年的闲谈，天南海北地唠叨。吃完饭，合完影，步行至红江桥头告别，可未想这一别竟是永别。

2016年2月3日，以他妻子名义发出微信，发布满天医治无效去世的讣告。我将信将疑，立即找新宇同学确认。

这定是一个自虐的玩笑。不，是真的。我的头一下蒙了，双眼模糊。晴天霹雳，天妒英才呀。

刚到不惑之年，白血病医治无效逝世。去年忽返恩施，重新走遍家乡路的用意，我的第六感怎么就失灵了呢？

家之顶梁倒了，国之人才殒了。两江孕良才，情深惜依依，魂归两江水，品格永常青。清江河为之痛哭，白岩寨为之呜咽。

恩施新宇、钟鸣、建华等同学连夜赶往南昌，从赣江迎接回清江。遵遗嘱，骨灰撒向清江水。饮清江水成材，回清江水永恒。愿天堂里不再有伤痛！

兄弟即来过，从来未离开。是的，天上那颗最亮的星星，不就是你眨巴的眼睛吗？你的品格，你的作风，你的情怀，你的精神，永远都在。

半路下车，落一地悲凉

春节过后，是春天。春的脚步不管不顾，如期而至。气候转暖，叶芽抽茵，花蕾吐蕊。

农历二月二，龙抬头。蛰龙活动，万物复苏。不过，肉身应该不在万物之列，一旦沉沉睡去，不会苏醒。肉身带着绝望、怨恨、遗憾、不舍和生离死别，化作那滴挤不出的伤悲，再也看不到草地绿茵，闻不见人间烟火。

人生一世，草木一秋。草木枯荣逢春新生，肉身终将腐化成泥，成为草木的营养。草木肆意享用四季的雨露霜雪，人啊，太多心思串一起就成心头之患，人有时不如草芥。

去年昏迷睡去的老友朱恩，已听不见春天尖锐的哨声。周身长满杂草，春来已绽放出新芽。

在我潜意识里，他还没离开尘世，没有半路下车，狠心丢下妻儿老小。只是遭遇生存绝境，或是爱恨情仇，不得不远走他乡，隐姓埋名。说不定哪天又低调还乡，回归故里。

但他确实走了，走得突然，走得惊疑，走得淡定。

在这个时节想起，是因为又快到了他们夫妻的生日季，快到了在朋友圈撒狗粮的钟点。夫妻俩生日相差两天，结婚后，坚持沉迷二人世界携手同庆。结婚前，一般都是邀约狐朋狗友胡吃海喝一顿，不醉不吐不休。

他和我同学时间长。初中、高中、大学一个学校。四年同窗，五年同校。

1989年秋季，我们在沙地中学读初中。那个年代的沙地中学，年年中考成绩名列前茅，堪比当今顶级名校，外地城乡学生蜂拥而至。考进这个学校，自有一种喜滋滋的优越感。

学习进行时，紧凑和紧张出招，把优越感驱赶得无影无踪。学习是一场专注力、理解力、反应力和记忆力的实力比拼，与智力和努力关联性强。

初中三年，他始终领跑，至少属学草段位。不是最刻苦的，成绩总在前列，聪明得恰如其分。特别是数理化，老师一讲就懂，一点就通。老师偏爱他，经常由其替代上讲台，讲题释疑纠错。

而我归愚笨类，刻苦有余，效果不及。学习成绩勉强在中等偏上段位徘徊。

仰视他走过三年。我们一起考入恩施市一中，分到一个班。理科他仍学得轻松，老师不经意表扬时，常把他的名字脱口而出。而我，物理学得很费劲，跟不上节奏。高二分科时，他留了下来，成为理科快班的一员，我选择了文科。

20世纪90年代初的高中，与国家包分配的中专平行办学，生源也是平均调配。向左迈一步，端上铁饭碗；向右跨一步，继续寒窗苦读。我们都是农村娃，心中想的都是跳出农门，谋份称心职业。时时刻刻想的都是，用拼命的劲头啃课本、做习题，为想要的生活竭尽全力。一路凄风苦雨，只有闯过高考关，才会感受到空气中吹拂的和风细雨。

进小城读高中，相互交往自然多起来。由头，大多是我借饭菜票和钱。都来自农村，他后勤保障有力，生活费足额有余，我却青黄不接。

他似乎能从我眼神里看出些道道来。当欲言又止，或难为情时，便会主动询问："先拿5块钱的，够不够？用完了就说。"有温度的仁厚和信任，在遇见中凝结，在成长中沉淀，成为人格不可或缺的成分。

高三时，连空气都紧张得要炸，叛逆被逼出来。心中的江湖梦蠢蠢欲动，胡思乱想飞崖走壁、仗义疏财、劫富济贫，用极端释放心魔，反证成年。

他思想抛锚，沉湎其中。我违心参与两次，但畏惧战胜虚荣，正在经受的苦战胜停下来的懒，罢手回头。

放纵是有代价的。好大学的通行证被他自己荒唐的行为涂改成湖北民院专科自费的通知书。反而是我，放弃填报省调档志愿，录取到湖北民院本科。

高中时，另加许海峰、陈新宇，我们四五个人常玩在一起。学习上较暗劲，课余中寻开心。大学业余时间，他大多跟室友玩牌、跳交际舞、谈恋爱。我忙于勤工俭学和社会实践，偶尔小聚豪饮。

高考后，时间充裕富足。我们开始家庭走访，相互把家人代入同学关系。父辈们忠厚实诚，家庭和谐向上，在后辈身上都有明显的印记。

毕业分配时，他在一个远房亲戚的帮助下，分到恩施市卷烟厂车间当工人，三班倒从事卷烟生产工作。烟厂表面光鲜，掩不住车间工人的清苦。底端劳工，三班倒，工资低，只能基本解决房租和生活费。后调整到调拨站工作，才混到吃上饱饭。

县级卷烟厂的销售规则简单粗暴。政府用卷烟抵扣财政拨款，乡镇用卷烟抵扣人员工资。只要乡镇主要领导态度坚决，销售总量直线上升，销售提成就水涨船高。

他当时负责两个乡的卷烟销售任务，接待、出差自然增多。

随着收入增加，很快就暴露出大手大脚和挥金如土的气质。

好景不长。随恩施市卷烟厂破产重组，他有幸成为中国最后一批下岗工人。财务盘存，他居然亏空十几万。脚踩西瓜皮开溜，顺势跑到武汉打工自救。

后来返回恩施，经营过打石厂，开过奥康鞋子专卖店。虽然事业风雨飘摇、颠沛留流，但却在最困境时，遇见了善良的建始女孩刘玉娥，结婚生子，身心终有了归属。

从2010年开始，他在恩施、建始承接一些零星的消防安装等施工劳务。那时，我在来凤工作。

做生意，他把从父辈继承的实诚发挥到了极致，几乎丢掉了市场运行的基本规则。从不偷工减料，从不增加工程量，从不拉大旗作虎皮。无论什么苦和亏，都打掉牙往肚里咽。

能吃亏，有时也可转化为商机。见他实诚有余，凡是打过交道的，都愿意做回头客，有一种同情的悲剧情绪掺杂其中。一年到头，面子红红火火，里子却是在保运转和还利息中循环。

在人际交往中，他话很少。用酒表达诚意，是一种基本方式。几乎到了不管身体承受力，不顾自身健康的地步。

在社会角色里，很多不得已而为之，都是宿命般存在。一个底端的觅食者，对生存的抗争，具有神圣而残酷的冷漠，没有选择，也没有退路。

回恩施工作后，我们都相互回避，不把私人关系绕进工作关系，不参加除同学以外的任何聚餐。

2018年，涉及岗位调整时，有好事者制谣传谣曾特殊关照过他。虽属猜测性打击报复，为了身心两安，我们采取硬质物理隔离。让人万万想不到的是，一旦失联，竟成永别。

我是看同学群聊天知道他生病住院。中午电话打过去，他爱人接听电话。她说正在检查，不方便接电话，而且病情也不重。我信以为真。

2019年4月25日凌晨15分，小刘发微信给我，"对不起，我没照顾好朱恩，已深度昏迷，正在返回恩施的高速上。"瞬间，泪水模糊双眼，我失声痛哭。

后来小刘告诉我，朱恩凌晨4点不再呼吸。年前身体不舒服，在州中心医院检查没查出什么毛病，医嘱戒酒。但他仍按自己的方式努力生存。2月6日（正月初二），州中心医院检查确认重度肝硬化，病危。随后他们前去北京301医院医治。肝部反反复复细菌感染，换肝不能手术。最后双肝细菌感染，致器官衰竭而去世。

听小刘说，他曾专门交代，不要告诉我他住院了，也不要告诉我他的病情。他想用这种自私自利，堵住别人的臭嘴。却把我推到薄情寡义的悬崖。

小刘倾尽财力，去最好的医院，找最好的大夫，吃最好的药，挽回不了不顾一切努力生存的卑微生命，改变不了漠不关心自己的生存习惯。

这个世界，孰对孰错？正如我，一个同学十一年的老友，因为莫须有，没有讲到最后一句话，没见到最后一次面。

一次自私，铸造永生愧疚。

几多凡尘事，散作烟云无。悔恨一颗心掺杂了势利和功利，一心二用，粗心地让自己喘不过气来。

人生的车轮，行至半程，他下了车，把担子留给了妻子，把父母留给了哥哥，把自责留给了我。

在最好的奋斗年龄，他走了。走得不管不顾，任一地悲凉飘零。

◎ 第三辑

身边事，身边史

一口气读完安丽芳老师的《施南往事》。亲切、解渴。

这是一本以恩施老城六角亭为坐标的故事汇，一本带有浓郁武陵山少数民族生活气息的散文小说集。内容真实到据说所有故事都能找到生活原型。

这本书耐读。语言通俗、俏皮，是恩施方言和俗语的一次聚会。文中的用词比如：老汉儿、婆娘、后檐沟等恩施方言，吐字有温。用"人死饭甑开、不请自然来"、"一口倒尖、二口扫边、三口涡螺旋、四口喊添"、"出门像公子，回家像驼子"等俗语，把极贫极困处境中尊崇亡人、吞咽苞谷饭、采购员等情境和人物一下子就写活了。

该书文体新颖，用散文的笔法写故事，用故事情节来架构散文。文章精练、短小，有阅读微小说的流畅和快意，适用当今普众的阅读习惯。

安老师刻画人物入木三分，寥寥几笔，人物形象、性格跃然纸上。朱八字、罗剃头、疤叔、牛木匠、小丝棉、幺爷爷等小人物，在每一个动荡的年代，都顽强地生存在小城的角落，蝼蚁般坚强。

文字里没有抱怨，生活中没有抛弃。一步一个脚印，把恩施人乃至中国人的生存智慧踏进了青石阶，溶解在那个时代，构成那段最真实、最生动的历史，透视出那个时代跳动的脉搏和急促的喘息。

人，是历史的真正创造者。小人物，是能让历史更鲜活、更真实的血液。

六角亭这个地域名词，于我而言，深刻而充满温情。30年前中考体检，乘大巴颠簸晕车5小时到达六角亭，这是我对"城市"这个词的第一印象。工作中走街串巷，连片木屋民居凋败，线路蛛网般纵横，是我对"危机"这个词的直观体验。亲朋族友居所诸如薛家巷、林家巷、洗马池一旮旯，常常无端享用老城民俗风情和餐饮美食。更不用说，那些庵、那些庙、那些古城墙的遗址，那些人、那些巷、那些故事的源头，都散落在那片山坡，记录着老城的真实历史。

被安老师抢救整理的这些故事主人公，他们就蹲在老城的角落，长在青石板的夹缝，谁又能想到会流芳百世，而且还能用微弱的灵魂之光激励后人？

看过动荡中的坚韧，感叹大时代的幸运。身处大时代，我们是一个个快乐的小人物。任由享受平安、舒适、丰裕、富足，浸泡在幸福感和安全感的温池里不能自拔，渐渐丧失了跌到低谷的反弹能力、置身逆境的抗压能力、脚在绝境的求生能力，一不小心，就成长为父母眼中长不大的婴儿，历史眼中担不起的孩子。

南门、西门古城墙，是施州古城尚存的两座城门。拱洞和城墙上的青苔和小草，从那个年代开始生长，现无从考究。年年岁岁、时时刻刻绽放的绿色，经历过风雨、雷暴、狂风、洪水、冰雹，经历过时光的雕刻，它们尽全力活着，从不气馁、不惧怕、不悲观，一如既往，依然若我。

在潮涌奔流的大时代，要做一个不愧于时代的小人物，就要像城墙上的小草一样，尽全力地活着，尽全力地绽放。在不一样的每一天，给予相同的惊喜。

　　生活中，每一个不起眼的过往，都是构成历史的一个元素。走过的每一步，抹不掉、删不去，都留在那里。

安心暖胃热干面

风刀出鞘，枯叶送寒，江风挟霜，肤皲发干。寒风凛冽时节，说起热干面，于味觉，唇齿生鲜香；于触觉，暖心暖胃肠。

面食为养，由来已久。南北朝宗懔所著之《荆楚岁时记》，曾记有楚人"六月伏日，并作汤饼"。汤饼，就是现在的面条。翻开中国美食地图，面条的各式名吃星罗棋布，主食份额占据半壁江山，东西南北烹、煮、炒、捞手法各有千秋。

就烹饪方式而言，大致可分为凉面和炒面，干面和汤面，素面和臊子面等。恩施靠重庆、接贵州，又属楚地，饮食既有川渝的辛辣，又有荆楚的花样。饮食习俗长期交揉混杂，渐具土苗区域风格。早餐中，面条就有肥肠面、腊肉面、炸酱面、鸭沫面、青椒肉丝炸酱面、腰花面、牛肉面、砂锅面、狗肉面、打卤面等，光就这些面条名儿回味，就食欲洞开，思之念之享之，口欲之贪念绵绵不绝。

按常理说，被这样娇惯出来的胃肠，会本能排斥陌生的味觉体验。到武汉工作后，自然与热干面拉上关系。没有想到是的，味蕾很快适应了清淡鲜美和糯润浓香，渐有味觉依赖嫌疑。看来，味蕾也容易随遇而安、入乡随俗。

热干面看不见肉腥，应当归类为素面。面条过沸水起捞，加香油佐料调芝麻酱，无面汤辅味，又应归类为干面。既不油腻味重，又不拖泥带水；既不面融成粥，也不混糅成坨。面条纤细有形，入口筋道爽滑、热香盈盈，香浓而味鲜，油润而爽口。不知何故，素面中似能品出肉香。

时间中形成的菜系和区域食谱，是当地饮食生产、生活和习俗的长期交融、融合和糅合。也不排除一些菜品纯属机缘巧合，只是妙手偶得之。当然，偶得也一应俱全本地饮食习俗要素。

热干面横空问世，恰恰相符这个路数："李包"失手麻油泼面，蔡氏钻研"掸面"当家。

据现存资料查证，热干面的诞生地在武汉汉口长堤街关帝庙一带，发生时间经推断大致在20世纪初。该地段饮食摊点，有一熟食李姓小贩，因其脖上有一肉瘤，人称"李包"，专卖凉粉与汤面。一个炎炎夏日午后，收摊见剩余面条很多，防馊把面条在沸水中走一遍，捞起晾于案板。失手撞翻麻油壶，撒面条一身，沮丧之余，遂将面与麻油拌匀。不想次日麻油面被一抢而空。就这样，一种热乎乎香喷喷的香油拌面出世。这就是热干面的前身。

10来年后，同条街道经营汤面的黄陂人蔡明伟，为了加快出餐量，在"李包"技艺的基础上，摸索出一套"掸面"的工艺，即面条煮七八成熟，降温拌油作为候用食材，待客人点餐后，沸水过面加佐料加芝麻酱拌匀即食，始称蔡明伟麻酱面，1950年由工商正式注册为"蔡林记热干面"。

热干面诞生于嘈杂码头的街巷，是应时应势应需的天时地利人和产物。一露脸就以物美价廉低调示民，与底层老百姓巴皮巴肉握手言欢。汉口作为享誉全国的三大码头之一，在码头谋生的众多劳工，如蚁族般忙碌觅食，立无半刻之闲，兜无半文之余，紧攒零钞充饥，勒紧裤带度日。热干面立等可取、便宜可食，暖心暖胃肠刚刚好。

走过一个多世纪，热干面一直走亲民路线。其价位不足臊子面三分之一，印象中，二十年前为一碗 1 元、1.5 元，至今仍只卖一碗 5 元，比纯粹素面还价低 1 元。

这种低调的平民面食，真是"端起来亲切可人、吃起来谷香四溢"。在一场国家级的面食评选中一举夺魁后，更是声名鹊起，蜚声海外。

2013 年 6 月，商务部和中国饭店协会联合举办中国首次面食评选活动。活动中，武汉热干面、北京炸酱面、山西刀削面、河南萧记烩面、兰州拉面、杭州片儿川、昆山奥灶面、镇江锅盖面、四川担担面、吉林延吉冷面被评为"中国十大名面"。

面食夺魁的武汉热干面，是唯一不带肉腥的素面。可见不施粉黛、素颜出世的素朴和清新，往往最能拨动颤悠的心弦，洞见本真的自然与奢华。

热干面什么时候开始走进宾馆、饭店？什么时间走出国门？具体时间无法考究。但有一点可以肯定，经过这次披红戴绿的官宣，推广复制模仿热干面面食被按下了快进键，仿佛就在刹那间，在世界的每一个角落都能见到热干面的身影。

热干面用自己的语言和行动，自证了一种面食的生存发展模式，躬身细作地丰富了人类的味蕾体验。

人的味蕾就如一张存储卡，只要文件格式正确，容量是可以拓展的，文件是可以随时打开的。人一生中，每一次吃过的味道，就会录入味蕾，而后另存至脑海。

于我，从小村庄到小城市，再到江城武汉。一路走来，味蕾上储存的文件越来越多，内存占据空间越来越大。其中，热干面只是存储在味蕾上的一个文件。真正让胃肠刻骨铭心、念念不忘的还是生命之初的味蕾记忆，是与那个小村庄一草一木、一点一滴的血肉相连，是被乡情乡味乡愁裹挟，重复着"从哪里来？""到哪里去？"的回望和诘问。

对世界和人生最直观的感知和认识方式，是从手到口，从口到心。就如我，但凡遇到合渣红苕洋芋、苞谷面饭、四季豆洋芋、鲊广椒、腊蹄子等属于那个村庄的农家饭菜味道，就会不管不顾大快朵颐，就会把舌尖上的劲舞变成两个深奥问题的答案。

是呀，人的一生，只能一直向前走。走再远，都不能忘记来时的路，都不能忘记走过的路。每一个人，还有热干面，都如此。

网上有一句话：胃安即心安，心安即故乡。这是味蕾的思考方式，也是认知方式。

秋渐浓凉意起

惬意生活，应该从粉饰心情开始。

很多小话题，乱糟糟地扎堆在眼见的空间。从小区停车到全城挖沟，从小城限号到房价任性，从身边小商小贩的喜悦到不经意间逆转为莫名的危机。以及那些熟悉的紧张有序反转为习以为常的麻痹当然，让人陌生，让人起疑。

周末，较平时稍晚起床。自己动手煮一碗白菜魔芋面，加一大碟酸阳荷，逼得汗水淋漓、浑身通透。

时间尚早，阳光未到。光着上身下楼给妻儿买份包面。细风掠过，凉意袭来。接着，高坪一辆油罐车侧翻救援，总觉处置细节忽略较多；接高中大宝全程遇堵，尝试沟通遇叛逆闭口。

真实生活，烦恼如今，容易如昨。

窗外的阳光，越来越柔顺。树上的叶子，越来越老道。田地的庄稼，越来越喜气。

秋味渐浓凉意起，惬意生活源于心。

把心情装饰一番，任时光一寸一寸撒落，任冷暖一丝一丝堆集。在我行我素里看故意，在鸡飞狗跳里看故事。在一如既往里看本心，在一以贯之里看本性。怀一颗初心，始终不忘来时路；怀一腔真诚，把简单作为生命的支点；怀一腔善良，让自己铭记站立和前行。

人生的乐趣得益于情绪，人性的光芒来自爱和善良。曾有人用心翻出已泛黄的日历，期待寻觅到敏感的信息和猎奇。无论怎样，被惦记，就是一种手感十足的关心。至少可以让那一份警惕、那一份无妄，长成身体的一部分。

每一个人走过的路，都会留下带有独特个人信息的痕迹，抹不去、擦不掉。任时间风吹雨打，岁月真实记录。但，人一生，应少萌敌意，多存感恩，这是快乐的源。

走的人多了，路也就宽了。一步一步的人生，没有捷径，唯有坚持自己和永不放弃。

秋天的凉，正如中年的难。行走在育儿路、孝悌路、生存路、修为路交织的路网。忧父母的病痛，忧儿女的成长，忧家庭的质量，忧自身无时无刻管控言行和情绪的自律。在这个年龄坎上，无论哪个视角，都应该去发现爱，去激励勤，去发掘美。多一些高线的视野，避一些低线的风险。

秋已来，凉已近，美已临。千古诗篇颂清秋，自不用在此抄诗装雅致，其他更不需赘述。只是天凉了，多添衣；遇佳境，驻足赏；粮熟了，快回家帮把手。

脚步为尺

人生长宽高几？你的每一个脚步，都储存着计算的要素。

汪国真曾说："没有比人更高的山，没有比脚更长的路。"

思想为尺，意念度量出思维的边线。脚步为尺，寸寸叠加连成蜿蜒曲折的弧线。

直立行走，奔跑前行。剥离掉从猿到人进化的标志属性，这是人类生存所需的本质属性。站在物化的界面思索，只是存与续的重复和重合。站在诗化的界面观察，在乱麻团的混乱中不乏让人心动的瞬间和片段。

把平常的日子，过成喜欢的样子。发现和发掘是必不可少的生活技能。穿透枯燥乏味和麻木不仁的遮天云雾，就能寻觅到阳光灿烂或者满天星光。

苟且和远方，当前和诗，哪会有经纬分别的界线和分类，只不过是闲心余情过量者的随性言语。

路在脚下，诗在眼下。做一个用心的人，人生时时都有意想不到的收获。

这种体验，我是深以为然的。

有人说，一个岗位做不好的人，换一个岗位也难有不菲成绩；一份工作做不好的人，就是再跳槽也只能是刷刷工作简历。静心观察和体悟，往往，这种认知和认同重合得让人瞠目结舌。

不为当下找借口，做好当前，就是最好地向前。

怀揣着坚持，以脚步为尺丈量人生，留下或深或浅的脚印，会永远镌刻在生命履历里。抹擦不掉，也涂改不了。

时刻准备着，一辈子为别人拼命，却不得不在时间上、空间上疏远亲情。时刻守候着，全天候战斗状态，却不得不在概念上、界线上延长时间。

生活是最生动的辩证法。奉献和牺牲，获得和失去，快乐和忧虑，幸福和痛苦，孤独和欢乐，以不同的视角出发，都可以领取到相互作用的解药。

你的每一个脚步，留在自己的履历里，也存在别人记忆里。

20世纪90年代走出大学校门。端稳饭碗的欣喜，背对着没有方向感的青涩。工作第一站鹤峰，坐长途汽车七八个小时的颠簸，却满脑子激荡着感恩和庆幸。机关伏案公文十余载，以夜为烛，以键为笔，满屏工作计划、策划和筹划的文字飞舞。县市转圈辗转，匆忙兑现想法，赶趟追逐时间，在水与火中找到幸福的支点。

基层繁复琐碎，机关案牍劳形，带队总得累点……有时想一想，比一比，心就宽慰了，平衡了，坦然了。慢慢学会了在血液和骨髓上都贴上感恩的标签。

当迈进不惑门槛，回望自己急急忙忙的行踪，寻不到思考的勒痕。

于是，我想起了文字。用拼凑的词语和段落来记录身边的感动，咀嚼过去的苦涩，享受执着的快乐。

从一个词、一段文字坚持。从强迫自己，到自觉主动。文心变文字，文档变铅字。一步步往前走。

一个老作者，一个新写手，编辑老师特别呵护。三年多来，居然连续两年成为地市报刊的优秀通讯员，获得奖项两次。

灾害现场奔袭，业务领域耕耘，凭一股拼劲和犟劲，底气由内向外生发。而对于挤出的一行行文字，流水账似干瘪地记录着日复一日地照旧，难以生发自我满意的情愫。

　　但，每一个坚定的脚步，那是意志笃定在鼓动。不老的心情持续追逐风景，那是诗意心境在发酵。

　　以步为尺，丈量人生，不要放慢匆匆的脚步。

人生三味

一年四季。色彩是每一季的面部表情，味蕾则是每一季的内心感悟。春之味，清新略杂生涩。夏之味，热烈夹杂苦辛。秋之味，凝重内含成熟。冬之味，甜蜜充斥凛冽。

人生，是什么味道呢？是酸甜苦香麻与咸甘淡辛辣的满汉全席，还是鲜美醇厚油腻与清香甘甜香辣的大杂烩？这种纯粹的味觉体验，舌尖上的自动监测系统，很难测量出真实生活的冷面和淡漠。

调动触听视味嗅五觉评价系统，拥有浓郁灵动气息的人生，到底应该是什么味？

泥腥味。手撮一抹泥土，靠近鼻尖，清清的、腥腥的。万千植物消化，万千根须吮吸。孕育万物生灵，化作泥土沉寂。凡间从这里出发，又从这里轮回。落红不是无情物，化作春泥更护花。

泥腥味是人生的根须。身子向下，扎下去，接触地气，呼吸泥味。贴近泥土，靠近地面，走近底层，走向群众。听到真实的声音，看到真实的境况，生发出带有泥腥味的体悟，碰撞出带有泥腥味的火花。点燃一盏心灯，发出穿透的光。手心向下，抓下去，就像向下生长的根须，越高的杆，扎得越深；越粗的径，扎得越宽。沉不下去，就会浮起来；扎不下去，就会飘起来。十指不沾泥，只做蜃楼主。

汗渍味。汗透后的味道，酸酸的，辛辛的。每一个毛孔畅通无阻，每一滴汗水尽情倾诉，每一个竭力的人在尽情享用。汗透勤洗，是通透畅快的舒适。工种低端群、体力透支群、条件艰苦群。汗透积聚，汗渍味浓烈。最常莫过汗洗衣，热雾遮眼豆雨落。熏得旁人捂口鼻，换来世间万象新。

汗渍味是人生的脚力。是辛苦坚持，是忘我拼搏。汗水是奋斗的计量器，与努力程度、持续时间成正比，与懈怠、放弃成反比。

烟火味。是缭绕飘荡的炊烟味，是厨房飘散的油烟味，暖暖的，香香的。儿时几缕炊烟，撩拨味蕾，饥饿追逐。而今几碟佳肴，亲情抚慰，感悟满怀。

锅罐煲箱的低吟浅唱，奏出人间幸福的音符，锅碗盘碟的参差搭配，飘出家庭清香的味道。家常饭菜，人间至美。好日子，都是从烟火中熏蒸出来的。幸福感，都是从烟火的体贴中流露出来的。

烟火味是人生的元气。人间烟火味，最暖世人心。带着最温暖的烟火，触动最柔软的抚慰。至此，不再有最累的劳作，不再有最痛的苦楚，不再有最伤的心境。无悔也可以是医治百病的良药。

人生三味，泥腥味、汗渍味、烟火味。用一生去品尝。

岁月成河

　　时节如风，掠过有痕。脚板丈量了大半个中国，冲锋姿态前行了将近一个世纪。暗自把耀眼的荣光偷偷封存箱底，毅然转身奔赴最贫穷、最僻远、最彪悍的山乡。

　　赤金深藏，但遮掩不住散发的光芒。

　　举手一诺，执念一生。信念融入血液，信仰长成骨骼。用一辈子作时间定语，用始终如一作空间定语，构成了老英雄张富清平凡而传奇的一生，这是他纯度额度全满格的信仰值和奋斗值。

　　来凤县也是我的第二故乡。老英雄的次子张健全，曾是我的老领导。当老人事迹还原、声名大振时，受崇敬叠加和忐忑夹杂，提出想拜见一下。他欣然应允，并一再申明，"千万别神话老爷子，他就是一个普通平常的退休老头，一位热爱生活的乐观老人"。

　　走进一幢20世纪80年代的宿舍楼二楼，健全书记使劲敲门，并解释道："老爷子刚才一个人在家，耳背得厉害。如果敲不开，就稍稍等等外出买菜的家人。"过了一会儿，老爷子打开了房门，满脸带笑地招呼我们进屋。

　　老爷子扶着轮椅走在前面，让我挨着他坐在沙发上。环顾客厅，摆设的全是20世纪的老古董。拼装四座的老沙发，桌、柜、椅等都是老木工打制家具，一台老式黑白电视机，一台吊扇，墙面颜色脱落、斑驳陆离。水磨地板干净，器具摆放整洁，房屋四面通透。仿佛徜徉在旧时光里，心绪清新舒缓。

与老爷子闲聊。得知我曾是来凤消防大队的消防员后，老人的话匣子打开了。从20世纪七八十年代的烧山垦荒种粮聊起，聊到消防大队的营房装备建设，聊到经常在电视报纸中看到的消防员身影和事迹，情不自禁地对我说："凡是有灾情的地方，哪里有灾情，哪里就有我们的同志，都是不怕苦、不怕死，一心为了党，为了人民，救出了不少人的生命。"95岁高龄的老英雄对消防工作如数家珍，对我们高度关注和认可，倏地觉得像喝了蜜，有一种荣耀在心中积聚。

其间，老爷子被口水呛到，我随手抽了两张卫生纸递过去。老人使用了一张，另一张折叠整齐后放在了一边。一个小小的举动，让我脸一红，像极一个做了错事的孩子。

健全书记告诉我，老爷子的心绪静、习惯好。一生把得失看得很淡，面对再大的荣誉，都能坦然对待，轻松放下。有福气，吃得好，睡得香。早餐喜欢清水面条，经常逛逛菜市场，爱看政治书籍，有记笔记的嗜好。

为国家舍生忘死，为人民牺牲奉献，将自己置之度外。只有把朴实纯粹、淡泊名利修炼到至境的人，才能把人生把握得如此精准。

老爷子年岁太高，不便长时间打扰。握手道别时，我行举手礼致敬，老爷子回了一个标准的军礼。

从他家出来，心绪翻涌。对话高山仰止的老人，测量出了我的巨大落差和短板。

绿波为律，静默如山。水滴成溪，岁月如河。

握紧那束光

在手机上无意中看到朋友撰写电影《嗝嗝老师》的影评。迫不及待于当天中午休息时间在特勤中队影院观看。随后推荐给基层指战员观看。

该电影具有印度电影的明显特征，故事平实、镜头质朴。看后深深被电影演绎的人性的深度关爱和师者的春风化雨感动、启发。师者思维和长者关切，犹如一束光，照进自身的职业实境。

"把我当作正常人"。这是妥瑞氏症患者奈娜小时候屡遭歧视和慢怠状态下内心的渴望和呐喊，也是人性世界里最渴求的那缕平常不过的阳光。

渴求被当作正常人和平视贫民窟叛逆的 14 个差生。奈娜用经历和阅历抹平人性路途中的差别、怪异，踏着异常艰辛的步履，不断成长、强大并源源不断传递热量，把师者的情感关怀凝聚成可驱凉逐寒的暖流。情感最深处的柔软、人性最深处的体悟，应该是这种无差别的温度、无区别的热度。阳光照耀，遍洒光芒。

消防救援队是年龄层次分明的集体，是不同地域、不同家境、不同年龄的人员聚合。有相当一部分人仍处在身体、情感、性格和人品的成长期。青涩、依赖、抱怨、冲动以及叛逆等，都是正在生成的枝叶。师者思维在队伍管理教育领域的实践和运用，就是以无差别的温度和阳光为基准线，等同对待，立体育教，答疑解惑，成风化人。析准成因，丢掉有色眼镜；因材施教，引导发展方向；品业并重，真情真实示范。

"只需要一点点小小的改变。"这是9F班转变的起点。奈娜用粉笔做演示，告诉这些懵懂的孩子们，整支粉笔书写会发出尖锐刺耳的声音，把粉笔折断一小段，就是悦耳的声音了。

只需要一点点小小的改变，也许就会出现剧情反转的结局。

长者关切，既能使自身内心柔软，也能让他人灵魂摆渡。世俗生活和现实境遇，本身就是困境、困惑、困难的复合体，就是矛盾、烦闷、急躁的不规则组合。有时在想，幸福也许就是战胜某种预设障碍的情感呈现，就是忍耐某种预设恐惧心理的精神安抚。不同的人，不同的事；相同的人，相同的事。视角视野不同，内视深度不一，最后想到的、看到的、听到的、得到的是千差万别的。

长者关切，就是以长者的视角、阅历、引导、启发、教化，来约束人、影响人、塑造人、成就人。既授人以渔，又授人以道；既求业务精湛，又求品行端庄；既用其所长，又弥其所短；既察其言，更察其行。紧扣职业特点需求，把准事物发展规律，认准实情实际，析准利弊得失，充分运用梳理疏导、目标择取、判断勾选、过程激励。

这是观看《嗝嗝老师》电影后，瞬间察觉到的那束摄人心魄的光芒。

紧握住这束光，让他照亮消防救援的职业路途。

雪融寒梅喜含泪

小城的一场雪，飘落在新旧时间交替的门槛。雪片杂乱纷飞，搅散雾蒙蒙湿漉漉笼罩的阴沉湿冷，吹散盘旋弥久的低迷茫然。情绪骤然复活，正如火了一年的歌，感觉到达了高潮，感觉到达了巅峰。

追上一场雪，奔跑十年。时间惯性奔流，没顾得上雪花的感受。蓦然回首，连指间的缝隙，也没留下丁点儿痕迹。风儿静悄悄，无踪无迹，时间轻飘飘，无妄无语，被动标注着流动的数字。花白的头发，木讷的静默，未长成内心成熟的标志，反是肉身的苍白和苍老。一颗童稚的心，永远停滞在自己的光景里。

过去的一年，再大的波涛汹涌，都归寂于浪平如镜。再急的暴风骤雨，都销匿于云淡风轻。

时间符号在做加法，凡尘世事在做乘法。一盆迎面泼来的脏水，夹冰雹带冰碴，吐着唾液喷着脏话，不知来历的凄风冷雨在起点刮起。蓄意或妒意，稍稍迟疑懵懂，方觉为上天眷顾降临。在攀岩的路途，只要有人用心提醒和警示，其实不用揣测是非善恶，能让人有所敬畏和畏惧就是无边无际的福音。

味蕾的世界，甘苦与香臭，都是对肉身的诱惑和养护。时阶和食俗分明。中年的皮囊，香甜之味渐远，苦臭恰相逢。那点点臭，权当苦瓜、蒿枝、腐乳、臭豆腐、松花蛋以及臭鳜鱼般别样的人间至味。

倘若那盆水刚好浇灭那簇还没冒烟的柴火，倘若这趟负重长跑还没鸣枪起跑就戛然而止，前方的路上一定会遇到另样的风景？但生活没有假设，只能沿着杂乱纷繁隐匿的规律前行。

　　这一页，既是事业又是职业的消防工作，与军警序别作别，已开启新纪元。崭新的消防救援职业类别，与军警荣誉作别。时时刻刻面对生理极限、心理极限和生存极限，始终奔袭在生命拯救生命、极限捍卫民安的道路上。从外到内换羽新生，从表到里使命依旧。遇见了调整期、适应期和提升期，最大期待莫过于在坚守职业价值和追求自身福祉、保卫民众平安和崇尚物化文明中找准平衡点，实现荣誉和价值、精神和物质的追求和涵养。

　　这一年，大宝高二生活枯燥而紧张，二宝启蒙忧虑而逞强。晨曦送周六迎，若无特殊勤务交叉，铁规例行，不敢稍有懈怠。满脑子说教模板，临场四目相对默语张望。两个子女节节抽穗，双方父母小恙相随。头发花白，交流堵塞。心中纵有千般言，出口便成引火线。有时的福，只是一个微笑回馈；有时的难，只是缺乏语言奔放。三代同堂，就像三个空间，只能在属于自己的时间里放舟，靠双手划桨。

　　攀岩模式的生活，手脚丝毫松懈不得。没有保险绳托付，手松脚滑也许不只是后退一步，甚至是粉身碎骨。唯有抓紧踩牢，欣赏目之所及的风景。

　　生活远比编排的情节悬疑，比跌宕的场景多彩。如果有闲暇，把一年经历流水账般真实记录，就能贡献一本畅销书。生活的剧场，演绎真实的人性。人性相较，如果没有更高尚，但肯定有更拙劣。一些常识，应根植于脑，外化于行。我行我素与以身作则的差异，中间横亘着南辕北辙。

　　细微如尘埃，卑微如草芥，既有风霜施恩，又有雨露普惠。

唯有尽全力目光向下、俯身朝下、手心向下，尽人事而听天命。

每一个人都是生活的演员和道具，眼见周遭太多的宴宾客起高楼和楼塌了。旋转加速度，眼睛跟不上脚步。一眨巴眼，就再也回不到上一秒，让人眼花缭乱。

变是历史奔流前行的不竭动能。凡人居凡尘，寻得见人生缝隙的光，渡难也就是如常。人一生有何求，其实，能做一个有良知、有梦想的人足矣！

时事、世事，包括这一场雪，都会被时间记住，也会在时间里遗忘。但总有一些人和事，是永恒的光芒，或是永远的疼痛。

海拔 400 米的南方山区小城，纷飞的雪片就如昙花的花瓣。当时针指向 10 时，就再也觅不到残雪半片。只是，寒梅枝头一串串、一滴滴晶莹剔透的水珠，应是雪花嬗变的珠玉，是寒梅流出的幸福眼泪。

瑞雪兆丰年。与鳖足且特别的 2018 年挥手作别。在又一个时间标注里，心中默念，让仇视、怨恨、互害永远缺席，让开心、安全、幸福时刻拥抱环绕，在新的征程挂帆济海。

与时间做朋友

鸭知水暖，桃红李白。咧着嘴诉说着成长的心事。

繁花似锦的热闹。是生物传承的欣然，直面凋谢的坦荡。

凝视这个季节，满眼翠绿、五彩斑斓。氤氲的烦躁焦虑和隐约的钩心斗角阴霾，在高速路口铺开的花园式绿化带转角，被街道边葱茏的风景轻轻抚慰，不由涌现出海量的淡定和平静。

以抱怨的姿态，或快或慢的脚步，总有无端怪罪的千万条呈堂供词。而时光匆匆，有时连注目一片绿叶、观察一瓣菜花的间隙，也没多余。

功名簿的尘土，名利场的蛊虫，又在谁的心田种下？又有谁永不荒芜？端碗掂锅的贪念、夜播晨收的私念、朝秦暮楚的欲念，是一杯杯浸毒的美酒。越饮越渴，越陷越深。

心静下来，脚步慢下来。在静谧的时空，与时间私聊，期待成为知无不言的朋友。

春风轻轻吹，吹醒冬眠中的树林和植被。拔节抽穗，花蕊招蝶，羞赧地拥抱交融。

绿叶、黄叶、落叶、春泥，是时间流动的分解动作。风吹、雨淋、日晒、虫害，是一棵树成长路途的遇见。一棵参天大树，年轮的刀，一刀不落地记录着自己的悲欢。有俊俏挺拔绿荫如伞的不卑不亢，有时间长河中沙砾打磨的厚茧疤痕，有成长路途遭遇的阵阵雨雪雷电……

不着急，日子大把大把的，够你这一生慢慢消磨。恼起来，把时间当累赘，静下心来与时间做朋友。

日升日落，普照大地，不藏一分光芒，不减一分热量。月缺月圆，江南漠北，不忘山河一角，不顾旧人一眸。

时间是忠实的倾听者，不露声色、不卑不亢。朝阳、晨露、弯月、燥风、骤雨、灾难……周而复始，循环往复。

根扎得深，光聚得多，露吸得足。站立成风景的，一定是时间的密友。就像酒，越久，越芳香越醇厚。

火焰蓝来到时光里，让一个职业拔节新生。内部生理结构般调整变化，听得见咔嚓咔嚓欢快生长的声音。

成长中每一缕光、每一抔土，是物质的供给，也是精神的给养。没有养分持续输送，汗水横流也会颗粒无收。取一捧阳光雨露，送进精密的实验室，忠诚的纯度、严明的刻度、素养的专度、服务的温度是职业构成的四种化学元素。

长在险峰击风雹，面临危境抚惊慌。长不成参天树，亦能遮风挡雨。甘当防沙林，任由风沙尘暴亲吻。

刀在石上磨，谷在田里长。拔除急功近利的杂草，赶走成群结队的焦虑，播种安静、奉献、清贫的种子，每一颗饱满的稻谷，都跑赢了风，跑赢了雨，跑赢了冰雹，跑赢了贪吃的鸟雀，成为时间无私的馈赠。

温室里长不出大树，山地里长不出稻谷。苗不会立马抽穗，土豆长不成玉米。这是时间的唠叨，撒一季，撒一地。

春天里。在焦虑、急躁、无助的时候，可以静静凝视一片叶、一朵花。也许可以感受来自阳刚的力量、秩序的力量、慈悲的力量、温和的力量、包容的力量、美的力量。

文字，是摆渡灵魂的扁舟

20 年前认识的电力女孩王慧荣，在忙碌的时间缝隙里孵化出《时间深处》，可喜可贺。书中的文字，大多已在公众号里品读，可嗅着书卷香的文字，仍倍感亲切和感动。时间深处，留下来的是迷茫中的光，是忙乱中的暖，是琐碎中的爱，以及散发着信念的力量、传承的密码和人性的善良。

王慧荣网名夏花，小名幺花（猜想是幺姑娘的别号）。跟我妻子曾是龙王塘电站的同事。电站工作确如她描述般："下班玩通宵上班睡大觉，时间被虚无和迷茫塞满。"这种日子，无一不是把发电机组的轰鸣声当作催眠曲，睡得头疼，闲得心慌。富裕流油的时间，随发电水流急走，随双目发呆留步。此种时光，但凡把手指并拢，既能抓住晚霞，也能抓住朝露。

我有她的 QQ 号、微信号和公众号。平时几乎不聊天，信息大多从她朋友圈、公众号文章以及与妻闲聊中获知。工作岗位四级跳，从乡镇到城市，从职员到领导。华丽转身，丝毫不耽误做工作超人和贴心宝妈。尤为可贵的是，能从陌生的岗位出发，边采写新闻边撰写散文，把工作、事业和家庭都经营得风生水起。拿到她寄来的签名书，方知已是中国电力作家协会和湖北省作家协会的双会员。

身边长出的励志故事，得泡一壶浓茶，仔细品，慢慢品。

整本书中，没有一篇完整的文字留给那个偏僻的电站。于她，也许忙于积累而疏于观察，也许闲于懒散而忘了体悟，也许还在等待发酵的最佳时节。书中有只言片语，如"那时，我在电站上班，大把大把的时间，常有一种万物停滞的感觉"。已将过度闲散的无奈无助生动形象地跃然纸上。

"有一天，过世10年的父亲闯进梦里，被惊醒，猛然睁开眼睛，屏幕上红色的指示灯就那样直直地盯着我，我猛然感到害怕，父亲这是在给我警醒呀。"这应该是她从闲散中醒悟的原点。从此在自律中救赎，在辽阔的知识海洋里泅渡，在觉醒中激励。

一梦惊醒酣睡女，玄机般点化，开始不一样的囧途。但是，如果甩出一个个借口和托词，开悟般天机转瞬即逝，在原处你会等到不同版型的自己。

荒废时间，就会荒芜心灵；握住时间，就会见到喜欢的自己。

她中专毕业后，被时光懵懂地丢进偏远电站，淹没在青山绿水间。而后，新手上路宣传报道员，走着走着成为一名作家。低位起跳，高位越杆。眼中的光芒万丈，都源自脚板踩过地万水千山。文中写道，"每天跟小蜜蜂似的，这里一趟子，那里一扑腾，似陀螺般旋转不停。""白天跟着老板跑几百里工地采访，晚上把电脑放在孩子床边写稿。孩子醒了，抱起他冲牛奶换尿片，把孩子哄睡，再接着写。""恩威并施催着赶着孩子穿衣服洗漱吃早餐，捡孩子吃剩下的牛奶面包大碗面往嘴里胡乱塞两口，赶在堵车高峰之前把孩子送到学校，然后赶到单位上班。"

谁的人生不是一地鸡毛？若拥有一个拾掇鸡毛做掸子的心境，潜伏在身上的慧觉就会慢慢醒来。这时，你会发现，每走的一步路，都是风景；每一个秋天里，都能触摸到春天。

短短几年时间，就积聚了耀眼的光芒。从书中，我看到了群团的力量传递，看到了团队的创作土壤。她在文中写道："我终于搭上湖北电力副刊笔会最后这趟车，于是像一个失去联系很久的地下工作者，在组织转移的最后时刻，终于找到了组织。"

她在《湖北电力报》副刊停刊的节点找到了组织，融入电力作家协会这个群体。每一次培训、采风和笔会，她都有一段精致的文字在纪实。所在的国网电力恩施系统，也是文艺人才济济。相互帮衬，相互鼓励，共同成长。其实，每一个小我的成长，都离不开团队能量的传递、传播和传承。

爱是她写作的主轴。书里收集的全是爱生活、爱工作、爱家人、爱家庭、爱孩子的文章。最触动我心灵的，是她用心记录儿子的"童言稚语"和"家有少年"部分。"娘：就不能少吃点，吃零食的习惯老是改不过来呀？熊：怎么可以少吃呢？嘴巴如果不吃零食，多寂寞呀。""娘：知道满罐子不荡半罐子荡的故事么？少年翻白眼：哼，只晓得说，你看你连个罐子都没有？"

每一个沸反盈天的日子，能把上房揭瓦的顽皮捣蛋和人小鬼大的上蹿下跳，当成诗一样的惬意。平心静气地倾听，舒心快乐地记录。如果没有大海般宽广深沉的爱作载体，是载不动宝妈情绪爆棚的扁舟的。

父母与子女，最深沉的爱是陪伴。对比我，能给予家庭和子女的，全部是情感欠条。一个人的苦情，一家人的分离。被一种执念支撑着、主导着，连同家、家人和家庭，东奔西突，东挪西移。

在书的序里，作家胡成瑶读到了作品中两个奇妙的意象，一个是曾祖母随嫁带来的古山茶树，花瓣散落顺流漂向远方；一个是加班上班疲惫不堪的清晨，阳光透过绿叶照进眉梢。确实，这两个看似不经意描摹的意象，是作品的魂，也是作者洗涤心灵和超越灵魂，更是作者登高望远的站台和视角。

写作，能泅渡自身，能洗涤心灵，能安放灵魂，能把小我超越，成就大我。在我看来，阅读亦可。

晨圈如晖

当手机长成人类器官，与晨曦同时抵达时间计时起点的，还有晨圈。晨圈是惺忪睡眼里的朋友圈。更是清晨的啾鸣，穿着花裙子欢快地跳着唱着迎面走来。

清晨日升星沉，叶摆枝摇，心花怒放。每一片叶子都舒展，每一缕光亮都明媚，每一丝空气都清新。

星光陪伴酣眠，晨晖唤醒睡梦。凌晨是朝气蓬勃的时刻，一切都生机盎然，活力无限。

新的一天，翻动沾有雨露的朋友圈。有晒晨练的，有学习打卡的，有悟思励志的，有转发及时新闻的，有分享简短美文的……

同样的时间刻度，重复的头像标识，坚持做同一件事情。这些文字和图片信息，因注入了情感，便有了温度和力量，有磁铁般的共情和代入。

昂首阔步，心若磐石，才能追赶上第一缕阳光，牢牢地把希望抓在手上。无论身在何处、走到哪里，只有伸出双手，才会有拥抱幸福的机会。

能量比能力重要。没有引擎，四轮驱动不能启动。没有日进三餐，精气神就找不着北。没有土壤和空气，就不存在草原和森林。精神上没有信仰，原动力就是缘木求鱼。

向阳的山坡，林木挺拔，蔓藤壮硕。日照充裕的田土，庄稼颗粒饱满，肉头厚实。一旦自带能量，就能发出光芒，传递温暖，爱心传递。

木秀于林，必定树木成片，冠盖成荫。一个有愿景有目标的团队，自然有不用扬鞭自奋蹄的气场和氛围。一个三观正、积极乐观的人，运气不会太差。在泥泞的道路上，也会遇见志同道合的人，在登临山峰处，也会看见不一样的风景。

一个人，因为坚持和执着，就会变得可爱。

浏览晨圈是我的生活习惯。微友中有一个老乡，每天清晨六点准时发出第一条朋友圈，内容有借鉴的印记，带有浓浓的鸡汤味。如果把内容和他的故事一起读，青涩中能嚼出甘味来。

他的个人简历千篇一律。小学没读完，外出打工，养家糊口，现在生活衣食无忧。同在一个村子，自然知根知底。从出行都困难的偏僻村庄出来，无资源、无资金、无技术，混生活之难可想而知。凭着敢试、敢拼、敢干的厚脸皮和铁脚板，尝试做一些别人想都不敢想的事情。租火车皮跑运输，给建筑工地当技术负责人，经营工艺文玩，组织货运车队等。勤学习善思考，擅观察敢决策。虽然生意做得不大，但每次都能握住机会，能够完成生意转换的空中接力。

眼见的是光鲜亮丽的表象，他晨圈的内容道出了实相。每一个文字，都是每天苦苦挣扎的努力。

在行业内，不乏把晨圈当闹钟的人，每天被自励和自警叫醒。有一个行业的标杆，几十年如一日的努力，终修成正果，被树为全国行业内的第一梯队先进典型。

了解他，就是从他的晨圈开始的。发的内容都是有感而发、触景生情。激励自己也影响他人。

消防救援这个职业，是一项危险系数高的体力劳动，也是一项专业性强的职业技能。每一个加入者，都只是凡人烟火。也有害怕，也有恐惧，也有焦虑。只因为在职业的荣誉附加和社会评价光环下，临危不惧，遇险逆行，成为生活中的超人。在特殊的环境下，能超越自我。

对紧箍咒有一种惯性的逆反和叛逆，这是人的本能反应。如果一个职业本身就是善言善行，自然就是伟大和崇高的标识，一旦长进骨髓和血脉，就成为一种精神支撑，就长成一种热爱和执念，成为一种精神和性格。

每一个坚持发晨圈的人，其实都是一个发光体，既照亮自己，也为别人点灯。

栽培记

那年头，在来凤建营房，没跟绿化打交道，唯有赤手空拳和引颈相望。几十双手叠在一起，成一件无坚不摧的多功能农具，垒堤、整土、选植、培栽。有一次全套程序化的动手经历，便对绿植培栽产生了些许兴致。

找来一位园林技术人员当掌墨师，动手画草图定坐标，边翻书边百度，开始大干快上神操作。一群绿化界小白，脚踩自力更生的风水轮，壮着胆迎北风而上。苗圃挖绿植，草绳捆土球，起重机吊装搬运；深挖土坑，营养土打底，起重机吊栽，水浇透护培。绿植移栽说起来口吐莲花，做起来却是九牛爬坡、举步维艰。

隔行如隔山。同属重体力活范畴的灭火和栽树，跨界作业仍困难重重。锄头把与手掌皮肤的亲密接触，每次都是血水交融的锥心之痛。平整建设工地，筛石子碎土块，填洼地铺熟土，如拿锄头绣花，精耕细作不逊于穿针引线。到苗圃觅成形绿化树，到果园选四季果树，到荒坡野岭挖掘麦冬草，每一步既要按图索骥又是大海捞针。一棵茶杯粗的桂花树，要挖脸盆大般土球，张牙舞爪且重达千斤，非大型机械不能挪移。人心齐泰山移，前后半年时间，营区变得有模有样。

刻骨铭心的经历，会被小脑和骨髓不经意记住，一不留神就成为时间的跟屁虫。于是，便对绿植更加亲切。遇见一株养眼又养神的，就像偶遇故居老友，仿佛分别了几生几世今又喜相逢，有叙不完的旧、唠不完的嗑、摆不完的龙门阵。

就这样与盆栽结缘。有一段时间犯了花痴，休息间暇，满山遍野去挖火棘树、黄杨树、金弹子、文木以及红豆杉等。扛着锄头背着背篓上山，自有一种鸟击蓝天、鱼逐白浪的酣畅舒坦。

大山是农村孩子的游乐园。上山拾取了久违的童趣，而挖盆栽大都是竹篮打水一场空。能做盆栽的树兜和树桩，树种名贵与否姑且不论，需要生成周期长质地坚硬，树干有形树冠有型。满山坡的花草树木，好看好栽好塑的不好找。火棘树、红豆杉这些常见树木，遇见几株玲珑小巧、挂果匀称的不是很难。黄杨木、文木、金弹子、崖柏等，都长在悬崖边。从岩石的夹缝里少许土壤里吮吸养分，咬牙接受着大自然风霜雨雪的洗礼，倔强而高贵地挺立着。挖掘这种极品盆栽树，我只能望洋兴叹。这是一个集高危险、高难度、高强度、高技术为一体的体力活。要用保险绳把人系稳、悬空，再用铁钎、铁镐、铁锤、铁锄等工具，燕子衔泥似的，慢慢敲，慢慢掏。运气好，一气呵成；运气不好，几天也耐它不活，有时还会白忙活一场。好不容易挖出来了，成活又是一个大问题。没有土球，失去了原生态的环境，栽种是一个技术含量很高的工序。

在山上，找到既有眼缘又有模样的，确实要靠运气。说实话，我满山跑过几次，好多年没穿山了，背着工具走山路，都是气喘吁吁。容易挖的，品相不高。品相好的，又没能力去获得。每次都被自己的三分钟热度打回原形。

斩获战果虽少，但流的汗水很多。有一条生活经验告诉我们，金钢铁骨都是狂风暴雨煮出来的。险峰上有风景，风雨后见彩虹。岩石夹缝中长出来的树，筋骨可见，曲折有劲，挺立崖头，绽放风中，让人获益匪小。要做成一件事，也要像一粒种子学习，无选择不抱怨，不畏凄风苦雨，在岁月中安静下来，枝干努力地向着阳光，向着雨露。哪怕硬生生把笔直挺拔变成虬枝盘曲，也依然傲立舒展。

自己挖掘栽培失败后，于是曲线救国，留意起成品盆栽，开始练养功。有一次，我跑到一个农村人户，买了五株金弹子树桩，请人做花盆，请专业人员指导移栽，暂时寄养他处。不料想，工作东奔西突、追光逐影，只把养功练在嘴上，若干年过去了，为了不耽搁盆栽的造型和成长，不得不以当年价格甩卖，空留一声，"有时间了再买回来"。

行走在路上，以欣赏的心态观察，一路都是美景。以审视的心态观察，一路都是成长。以理性的心态观察，一路就是四季。错过的，从指缝间滑落，在下一段路途，相信也会不期而遇。

爱子心无尽，雏去悲愤生

在营区晨走，有一只鸟时不时从高大的香樟树枝头直接俯冲袭击头部颈部。莫名其妙被一只小鸟惦记，"被惦记"的心理阴影面积不可名状。

无论身在何处，迎曦而行已在惯性的硬盘里成了一个自带的运动小程序。森林般的营区绿化，绿荫如盖，啾鸟成群，餐后遛弯三五十分钟，这是一个中年大叔独在异乡的特殊福利。

两年前的一个清晨，嫩绿的枝叶招摇着初春的凉爽，一团乌云像一顶巨型的帽子被两栋高楼戴在头上。细微的雨滴停滞在空中，迟迟没有掉下来。匆匆把肠胃填充，消除了饥饿感，忙不迭地来到林间环形道，抢在两三点山雨前，完成"动起来"每日第一课。

边走边听广播，随风吹拂思绪。平常人生活，不可避免"喝水塞牙、放屁扭腰"的尴尬事，无法回避"顶石臼唱大戏、抱泥菩萨洗澡"的烦心事。脚下生风，脑里煮粥。短促的"嘎，嘎，嘎"你呼我应的几声鸣叫。只闻其声，不见其身。冷不丁，一只鸟从稠密的枝叶里窜出来，直朝脑袋扑腾。心顿时一紧，后背生凉，生起一身鸡皮疙瘩。小鸟穷凶极恶袭击头部，似乎又是烦心事驾到的先兆，心中顿时阴云密布。

惊悚一幕，令人猝不及防。慢火煮沸的粥，瞬间加了一把柴火，粥泡凸起，热浪翻滚，外溢一地。那就让煮开的粥冒泡再持续一阵子。无非倒霉事开平方，烦心事做乘法，走着瞧呗。

第二天晨走时，遇见物业的一名大姐，她提醒我注意，院子里有一只袭击人的鸟，已有多人被攻击。刚到办公室，又有几个好心的小战友发短信，提醒散步时提防那只鸟。看来自己多虑了，只是有幸邂逅了一只网红鸟。

这只鸟经常在线，对人积怨不浅，一般都在早晨守株待兔。当有人路过那棵高大挺拔的香樟树时，时不时就冲刺般窜出来，用尖锐的喙，锋利的爪，攻击头颈部位。青天白日，都有一种令人生畏的惊悚恐惧氛围，倘若夜黑风高，半夜惊魂不知要吓破多少人的胆。

习惯性晨走，奇遇闹钟般的小鸟。时不时盯你两圈，时不时攻击一次。被一只小鸟惦记，听不懂它的委屈，猜不透它的心情，内心疑云不散。有一天，经过那棵香樟树，主动跟它打个招呼，想用积极善意消除莫名误会。小鸟从这个枝头，跳到那个枝头，"嘎，嘎，嘎"的叫声更急了。沟通失败，以为我要攻击它，只怕误会更进了一层。

抬头一望，鸟群繁忙。那棵香樟树的大枝丫上，几只鸟正急急忙忙地衔枯枝搭建鸟窝。难道这只鸟是它们族群的金甲战士，冲锋陷阵甘当守护巢穴的先锋？然不得而知。

小鸟屡屡得手，物业不得不派出弹弓队，对它进行特别捕杀行动。爱护动物，人人有责。弹弓队只是用恐吓的橡胶子弹，每次把准星抬高了一毫米，任由小鸟笑话弹弓队的专业捕杀素养。

捕杀虽未伤身，但营造的气氛，足以让一只小鸟魂飞魄散。第二天，小鸟从左边的树林，飞到了右边的树林。看到熟悉的背影，又苦大仇深似的，急促地叫唤，毅然地攻击。它应该是把弹弓队的怨气也记在那个账本。新仇旧怨叠加到一起，小肚鸡肠都快被积怨撑破了。

这是一只什么鸟？如此记恨，又如此勇猛。外观看起来，这是一只长相喜气的小鸟。长长的尾巴，尖尖的喙，黑颈黑嘴黑脚背，穿的灰色小背心，翅膀和尾是蓝灰。度娘说，这种鸟叫灰喜鹊，又名山喜鹊、蓝鹊、长尾鹊、蓝膀香鹊、鸢喜鹊和长尾巴郎。

经百度提醒，这才回想起，这种鸟在村庄山林也不少见，我们叫作山鹊。窝一般都垒在高大树尖枝丫，吃松毛虫也吃庄稼，冬天也是到屋檐啄食苞谷籽的常客。

到底是什么原因让它如此暴戾呢？每次晨走，我都是边提防边猜想。但确实理不出头绪，找不到一种信服的说辞。如果护巢，为什么只有一只鸟？如果复仇，为什么针对每一个人？如果暴戾，为什么又只是在那一个相对固定的时间段？百思不得其解。

有天跟物业大姐闲聊，谈起那只愤怒的小鸟。她透露出一个细节，说两年前的一个清晨，一只还没有学会飞翔的小鸟，不知什么原因从窝里掉了下来，被一名好心的女孩捡走了。

这个细节很重要，经过简单复盘，终于可以还原真相。一个失足跌落的小鸟，被一个粗心的好心人捡走了，忽略了树枝上来回跳跃叫声凄婉的鸟妈妈鸟爸爸。失去了孩子，鸟爸爸伤痛了几天后，就开始了新的生活。鸟妈妈却始终没有从痛苦中走出来，记住了丢失孩子的时间，记住了林荫道上行走的人，记住了孩子丢失的地点。也难怪，那只小鸟对树下经过的女孩总要凶狠一些。

这是一个母亲的偏执，也是一个母亲的执念，是小鸟母亲的爱恨情仇。看到孩子被人捧走，它的心在滴血。每到孵化期，痛神经就被唤醒，就要不顾一切地守候在与孩子分手的路口，期望奇迹出现。每当看到林荫路上的行人，就把一切仇恨注入翅膀，用过激的行动消减思子之痛。爱子之深，恨失之切。

护犊之情，思崽之爱，灰喜鹊给母爱做了最深邃的注脚。一只鸟，上演了一出感天动地的世间剧目。

知道原委后，再次路过那棵树下，再次听到凄怆的叫声，心里满是战栗，眼里满是潮湿。也不再作搏斗状，也不再伸手护头，也不再高声惊吓它，总担心与鸟的误会越陷越深。理解了小鸟的愤怒和冲动，也期望它能谅解那个粗心的好人。

满腹积怨的生活是不会快乐的，但愿那只满腹怨恨的小鸟尽早走出爱崽思崽的情感深渊。

鸟记仇袭人，作为奇闻常常见诸报端。原以为这只是为吸引眼球，由好事之人加盐添醋夸大其词的文字拼凑。此次亲历，才真正感受到万物皆有灵性，众生平等，无有不遍。人与人、与动物、与自然，都应该互相宽恕，相互悲悯，互相平视，互相和解。

与时间握手言欢，积怨自然烟消云散。

换个板凳心地宽

换个板凳坐，就是站在对方角度，设身处地察其心，推己及人容其怨。

人性里有三个浅眼皮子。把不均当沙子，把比差当浮子，把往事当下酒菜。不患寡患不均，眼里容不得沙子。相邻相近比差不比好，撞翻了酸水坛子。拿菜下酒，不愿与往事干杯。

从小耳濡目染次方级家长里短、鸡零狗碎。经受过海量负能量的辐射和挤压，心理承受力锻造得异常强大，犹如一只变形的怪兽。

人生就是一场修行，毕生修身、修心、修性。用管理学翻译，修行就是全过程自我严苛管理。管理欲望、管理饮食、管理情绪、管理心态、管理选择、管理目标、管理社交等。

能够把傲慢、贪婪、暴食、愤怒、嫉妒、懒惰、淫念关进节制的笼了，循序渐进、循环往复，终将结出人生修行的善果。一个普通人，只有管理好情绪、心态，做出正确的选择，才能在成功的道路上奔袭。

叔本华说，人生就像钟摆一样，永不停歇在痛苦和无聊之间摆荡。欲念实现不了，痛苦。欲念实现了，无聊。这是人生的常规模式。修行修什么？首先就要修炼痛苦和无聊。给痛苦的果种上更多目标性、指引性、精神性的价值暗示的因，让过程愉悦替代苦厄；给无聊的果种上更多反思性、警示性、自省性的悲悯情绪的因，让瞬间愉悦蓄势待发。

拿刀砍向自己，决策和实施都会异常痛苦。说得难听点，修行就是阉割自己的欲望，让自己清静一些，豁达一些，高远一些。择机而动，学会放下，学会失去，学会沉默。

一个人成长，都应该慢慢学思悟透，感恩生活这门哲学给予的无私教诲。学会换位思考，有内省的自觉，有看透的眼力，有不燥的定力。

两个侄儿在家庭群争吵，让我想到了两个板凳。从维护大家庭出发，其实吵吵也无妨。而且两个孩子孝顺、顾家，有一点上进心。从孩子成长的角度，借机提示不要删除聊天记录，让它走进人生课堂，成为个人成长的鲜活教材。

一个有客观原因，一个带主观评价。一个用自己量别人，一个用自己量自己。一个带着旧观点指责，一个执青涩的人生经验教导。一个希望别人理解，一个希望大家监督。

家庭琐事是一团幸福的乱麻，理不理都是忙乱且温馨的。但聊聊成长，还是一个有趣的选题。成长的路上，掌三盏灯前行，定有不期而遇的风景。

用内省的灯照己。知不足，方能有进步。让一些陈旧的、陈见的观点随风而去。运用正确的方法和观点分析问题，有罪推论、有向推论都会误导结果。少一些主观，多一些客观。更不能要求别人站在你的角度来思考，甚至理解。遇事多从自身找问题、找原因。曾子说："吾日三省吾身。"若能做到时时省、事事省，定能打开成长翅膀的开关。

用明亮的灯照路。有一个瞎子，夜间行路总要手掌一盏明灯，有人不解，既看不见，执灯何用？告之，有亮光则不可被撞。故事很简单，但理很深刻。给别人照亮，就是帮助自己。给人方便，也是给己方便。一次换位，一不小心，就看见一片蔚蓝的天。

用高塔的灯照来。登高才能望远，观水才能静思。灯塔照见远方，远方有未知的惊喜。人生路上，少一些小聪明、小心思、小伎俩。一眼能看透，自然窥见你的苍白。多一些包容、谅解、付出，这些无限量的委屈，会慢慢撑大你的胸怀，放大你的格局，提升你的境界。人生最后，胸怀就是情怀，格局会成结局。

换个板凳坐坐，你就是我，我就是你，心胸至少增容一倍。

在惊天动地的历史视野下的真实与担当

与作家初曰春交故，因文字缘起，至今未曾谋面。通过作品，体悟到他扑面而来的才情和质朴。他的作品，消防题材份额较重。由此，从事过一种职业，生命便会不知不觉地被打上烙印，甚至钻进骨髓和血液，长成身体的一部分。

《一号战车》是他的第二部小说，也是我读过最厚实的一部消防题材小说。网邮收到后，四十万字的纸质书，一气呵成阅读完毕。被作品编排的人物、情节和环境深深吸引和打动，被那些看似虚构实则真实存在的身边人身边事心疼着心酸着心栗着。

小说塑造的人物马小刚、元威、沙方健、谭杰、黄连海、吴华，以及武鸣、魏东丽、吕建业、大老柳、苏平安、马成功等基层指战员，投射到鱼鸟河中队和支队两个场景，文字铺陈没有故意逃离凡尘、刻意堆砌崇高，人物塑造既铁骨铮铮、激情燃烧，又铁血柔情、人间烟火，人物个性鲜明、有血有肉，如同邻人。

小说取材是惊天动地的历史画卷下的一帧背景，聚焦全面深化改革的历史浪潮中消防队伍改制转隶之汹涌急流的舞之蹈之。行进中宛如浪尘飘移，呼吸急促、面带惊慌、心有迷茫，当属正常生理、心理避险反应。众人划桨、劈波斩浪、扬帆启航，自然流露出勇立潮头消防人的坚毅。

不回避，选择直面。这是小说虚构的真实。改制过渡时期的消防人的踌躇与迷茫、选择与犹豫等，通过专职消防员苏平安之口，以或抱怨或暗嘲或抢白的方式道出。制度管辖之变、执纪模式之变、追责问责之变等，通过调查马小刚、处分黄连海、免职吴华等事件来传递解读。信息时代下的舆情风波、后独生子女时代的队伍管理之困、物质丰裕后的心理关切需求等，文中都用不少篇幅来叙述、表达和回应。

小说中，安排了各类灾害事故的救援处置情节。有居民火灾，有跳楼救人，有高层扑救，有化危品爆炸，有台风，有地震等。这是对应全灾种、大应急的工作写实。穿插了危建市场重大火灾隐患专项整治、亡人火灾事故调查、重点单位监督检查，这是对应化解重大安全风险的工作写实。

小说以基层中队主官、训练尖子武鸣为主要线索，通过鱼鸟河中队由乱到治、由无序到正规的变化，以列兵吕建业、马成功的成长和转化，以机关干部魏东丽从下基层手足无措到开展政治工作驾轻就熟，以元力运用心理专业知识加持队伍管理教育，对改制后消防队伍的队伍管理、政治教育、执勤训练、安全管理等全过程进行了全景式的呈现，给出了作者的预案和答案。

最难能可贵的是，小说聚焦了消防队伍中员额比重较大的消防专职员，他们不在体制内但在体系中。相同的是：同吃同住，同训练同执勤。不同的是：身份不同、休息模式不同、待遇不同。这是现实消防队伍发展和管理中不可回避的一个结。小说中刻画的大老柳、老郭都是消防兵退伍后回流的消防专职员，苏平安是社会青年招录的专职消防员。这也是现实队伍中招录专职消防员的两个重要来源。

"来干这个专职，为的是挣钱养家糊口""我在这里训练出警，本身就是奉献。"老郭的两句话，把专职的真实心声袒露无遗。但一支队伍，要生成战斗力，必须要有职业价值、职业文化的认同和职业归属感。小说通过无分别心地关心大老柳、心贴心地帮助苏平安、无差别地奖励表彰等，把消防兵和专职消防员紧紧地搓揉在一起，分不出彼此。

在情感世界，小说也广泛运用同理心。每一个适龄青年在小说中都遇到了一个最心仪、最适合的另一半。武鸣与元力、魏东丽与小孟、吕建业与江鑫蕊、苏平安与曹小菡、大老柳与车小米、马成功和米琳。一路风风雨雨，经历千劫万难，迎来了阳光明媚、满园芬芳，收获了甜蜜的果实。

抛开小说体裁而言，该书更像一本在惊天动地的历史视野下，消防救援队伍改制转隶时间的历史书，更似一本破解队伍发展难题的工具书。当然，作者给予的职业梦想、生存智慧和化解预案，仁者见仁，智者见智。

整个文学作品是温和、温情和温暖的。正如作者在后记中写道："为国捐躯的他们是现成的素材，可我实在不忍心让一线的兄弟们在文学作品中再失去生命。"这是一名原消防员的美好愿景和期待，也流露出作者对这个逆险而行的英雄集体的无限的怜爱和悲悯。

小说中的灾害现场，少了一些命悬一线的紧张，少了一些扣人心弦的声响，少了一些爆炸在即和浓烟滚滚。人为收缩了灾害现场紧张和危险的气氛，灾害事故的危险性、化危品的易爆性、高温烟热的危害性、瞬间变化的伤害性，在小说中都与消防指战员擦肩而过。这些幸运，是作者刻意安排的。其实，现实场域远比小说书写的更残酷、更凶猛、更惨烈。现实中更多的是一些心跳加剧堵塞呼吸，更多的是一些热血沸腾点燃信念。

这本书写英雄群体的小说，书中没有一个"高大全"的人物形象。小说中的每一个人物，都有缺点和弱点，都有脾气和个性。因为平凡、真实和不完美，所以离我们更贴近、更亲切、更容易生发相拥而泣的冲动。

因为有信念，所以不放弃。这是小说书写的新时代真实的最美逆行者。在不断地锤炼中成长，在不断化解困难中成熟。虽个体艰难重重，但为民而战的信念根植，精神上就会永远坚守，行为上就会永远坚持。

在和平时代，吾辈皆凡人。但只要披甲上阵，就会信念加持，用凡人之躯挡在危险前面，用肉身把担当扛起，给予群众实实在在的安全感。

让我们向呼啸而过的《一号战车》致敬！

◎ 第四辑

坚强是副良药
——写给女儿的信（之一）

幺儿，还是这样称呼你，感觉最亲切。

当你完成小学课程，即将进入初中的这个暑假，你是放松的，也是高兴的，也许就是童年本初的样子。可现实调皮地对你说："不，学习是一个持续的常态。"

主动参加众臻快乐暑假夏令营，有一点点意外。特别是把夏令营中可能遇到的困难和挑战罗列出来，坚持加入的意愿强烈。作为爸爸，一位人生中特殊的朋友，很欣慰。

当然，这有向往新奇的心理，也有从众心理。但你表现出来了一个"小大人"的坚强和自信，看来我们平时都小看你了。

第一次离开爸爸妈妈、姥姥姥爷，而且是十天，谁说不担忧呢？在我眼里，你写作业磨磨蹭蹭，做家务眼高手低，时间管理一塌糊涂，连扎个辫子还要妈妈帮忙，你真的能一个人独立生活吗？

当然，这是用父母的视角看你，用成人的标准衡量你，看起来有点不公平。但好的习惯养成，对人生的影响最大。

其实，这不是你真实的样子，只是爸爸在自己眼中的影子。真实的你真的很棒！你做事有条不紊，阅读广泛，性格善良。上天眷顾把你派来做我的女儿，我感到骄傲和自豪。

借写信的机会，爸爸抄一段话送给你："成绩不是最重要的，态度最重要。学历不是最重要的，修养最重要。结果不是最重要的，过程最重要。学分不是最重要的，方法最重要。财富不是最重要的，幸福最重要。容貌不是最重要的，气质最重要。"

这些话，你现在记不住，也理解不了。但要知道，这些都是前人在赶路中悟出来的，希望在你的人生道路中，能领悟到精髓，能消化吸收养分，长成自己憧憬的样子。

这次夏令营，内容很充实，活动很丰富，很合理，也很科学，但挑战也很多，困难也多。有挑战极限的，有检验毅力的，有锻炼耐心的，有愉悦身心的，这就像人生的一场模拟、一次演习，希望你珍惜这次锻炼、学习、游玩的机会。

你们的老师，给家长布置了作业，要求给孩子写一封信。我猜想一定是当遇到挫折时、遇到困难时、遇到难过时、遇到痛苦时，将会拿出这封信，作为锦囊妙计和苦口良药。当你读到这封信时，一定是你情绪崩溃的时候，一定是身心脆弱的时候，一定是情绪低落的时候，如果是这样，我开的良药只有两个字——坚强！

坚强是战胜一切消极情绪的法宝，是我们勇往直前的动力，是我们幸福人生的源泉。有很多警句，也有很多名言，我选几句放在这里，你琢磨琢磨，说不定对你有帮助。"困难像弹簧，你弱他就强，你强他就弱"、"困难是一个严厉的老师"、"忧患激发天才"、"最困难之时，就是离成功不远之日"、"被克服的困难就是胜利的"、"疼痛的强度，同自然赋予人类的意志和刚度成正比"、"永远没有人可以击退一个坚决强毅的希望"。

当然，这次夏令营主要任务是学习、是放松、是快乐，希望你愉快地度过这次充满期待的活动。期间，可以与爸爸妈妈分享你的一切，也希望活动结束后，你也以回信的形式告诉爸爸，你这次精彩的经历。还可以与同学分享和亲人分享哟！

切记！

2014 年 7 月 16 日

平凡的人生，一定要有趣
——写给女儿的信（之二）

　　这个毕业季，注定要静心内视父爱母爱的深邃。因女儿初中毕业，完成人生第三轮择校竞争，闯入性格和品格成长的攻坚期。

　　文静的丫头片子，不留神就长成亭亭玉立的姑娘。家有小女初长成的喜悦，都藏在妈妈、姥姥和姥爷重复的话语、动作和目光里。十四岁零四个月，那是 62780 天的反复和接力，更是一步一个脚印的成长和坚强。

　　你一直很棒，每次都通过自己的努力，实现了你的愿景。在你成长道路上，我更多的是一个关注者、一个评判者。

　　从事消防这份职业，执着这份事业。先大家后小家的教化，已固化为思维模式和生活模式。

　　阵地东转西移，作息朝六晚十。缺席女儿成长路上的陪伴，唯有自省和愧疚。在成长的每一个拐弯处，都欠一个温暖的拥抱。

　　应该说，你遗传了家族忠厚温顺的基因，没有乖张暴戾的倾向，是一个传统意义上的乖孩子。在教育实践上，是按照快乐教育、说服教育和素质教育路子进行的，完全摒弃了吾辈那套惩戒教育、挫折教育。

　　但我渐渐发现，越来越多的缺点正在向你靠拢，不纠正就会遮挡住你优秀的光芒：不愿与父母交流，不屑做家务，不关心与己无关的人和事，做事情没有恒心和毅力……

有人说，父爱是沉默的。于我而言，我觉得是说教词穷、教化无方。因而，我选择书面方式交流，以平等的视角，来探讨关于你成长道路上父母亲遭遇的困惑。

这个暑假，有一部小说、一部电影、一场演讲引爆朋友圈。一部小说叫《疯娘》，一部电影叫《摔跤吧，爸爸》，一场演讲叫约翰·罗伯茨大法官对16岁儿子中学毕业的寄语。就从这三个故事说起吧。

《疯娘》讲述的是一个疯女人生下小树，一生经历百般虐待和遭遇，但只要见到儿子就神志清醒。最后为了给儿子摘野桃，摔死在山谷里。这个故事要告诉我们的是，即使母亲疯了，母爱也是清醒的。

父母对子女的爱是一种与生俱来的生物本能，是最无私、最纯朴、最包容的情感寄托。

但这种爱并不是单向的，不是无条件的，要从父母浇灌和培育中汲取能量和养分，从内心深处滋生一种对父母、师长、社会乃至国家的感恩、感激和回馈的心理习惯。古人云："羊有跪乳之恩、鸦有反哺之义。"就是告诫我们要感恩父母、孝敬长辈。

你出生在我们这个平凡的百姓家庭，注定会在小日子张罗中自省。在思维定式里，要学会换位思考和好好说话，千万不能有"受之坦然、处之泰然"的体验模式。

在有人的江湖，要谨记：认为理所当然的，不会是无私，只会是自私；无缘无故的来头，不会是馅饼，只会是馅阱。

本来说好的，一家人一起看一遍，而你却觉得手机有吸引力，一直没有如愿。当我看完《摔跤吧，爸爸》这部电影，完全颠覆了我对你的教育观念。这部电影根据真人真事改编。摔跤冠军辛格生活在村民的白眼和讥讽的空气里，却义无反顾地把两个女儿吉塔、巴比塔培养成世界冠军。克服重重障碍，激励女儿成才。这是因父亲内心强大，更因女儿不畏险阻。

你即将走进高中，进入最艰难的学习阶段，将与高考进行艰苦卓绝地决斗。

高考虽不是最好制度，但也是最不坏的制度。辛苦三年，换一个不一样的活法，这仍是你们这一代的宿命。

看着你玩手机有取代读好书的架势，看着你不爱运动、不爱家务，做事没有韧劲，表面沉默不语的爸爸，内心却心急如焚。

一帆风顺永远只是美好的祝愿，曲曲折折才是人生无处可逃的常态。在你面前有一双鞋，左脚为勤右脚为恒，你穿上它坚定向前走，成功一定会在不远处等着你。

你要坚信，我会跟辛格爸爸一样，为了你的未来，也可以跟全世界对抗。

美国首席大法官约翰·罗伯茨在16岁儿子中学毕业典礼上演讲时说："我祝你不幸且痛苦，以更好获取幸福。"这句反常的祝福顿时引爆全球社交媒体。

美国的思维方式和表达方式，真是让人耳目一新。中国的喜庆语境不会出现中性以下的词语，更不可能出现不祥、不幸的词汇。这位伟大的美国爸爸却用最真的词，表达了最真的情。

在人生旅途中，等待你的不只是鲜花和掌声，更多的是打击和挫折。

因遭遇不公，才理解公正的价值；

尝到了背叛，才领悟忠诚的重要；

常会有孤独感，才珍惜良朋挚友；

运气不佳，才理解成功和失败的内涵……

这些对人生痛彻心扉的参透领悟，于你的人生完全可以对号入座、取来即用。

也许，你的人生将会平凡，但是一定要有趣。

因此希望你有一个良好的习惯，有一项持之以恒的爱好，有一份自食其力的工作，有一个恬静淡雅的心境。

2017 年 8 月 25 日

父母所忧，恰是你下一秒的脚步
——写给女儿的信（之三）

看了母亲节你给妈妈写的信，既兴慰又担忧，既感动又着急。时间过得真快，一眨眼，高中生活即将过去三分之一。而追赶时间的步伐明显有些慌乱。

书信中，读出了感恩、焦虑以及对未来的期待。说实话，你进步了，你长大了。包括你信中所言及，有一股浓郁的成长的气息。你语言简练，字迹整洁，表达准确，字里行间透露了高中老师教书育人的辛劳。

你读恩施高中，小家庭也调成了恩施高中频道。

恩施高中依山就势，靠山面水，错落有致。群山环抱，荷塘石栏，绿树成荫，花开四季。清静幽雅，景色宜人，功能齐备，一应俱全。处在最好的时代，拥有最优沃的环境，这是你们这一代人的幸运，也是当代教育的一个缩影。

错过恩施高中，是我人生履历的缺页。三十年前，恩施高中已是一面旗帜，但还没有长成一艘教育航空母舰。曾因工作关系多次到过新校区，以防范灾难侵害的视角审视过每一栋建筑、每一条道路，但没想到它会如此亲切，悄悄融入亲情和家庭。

我和妈妈陪伴你走上新的旅途。再次迈进环境清幽的恩高校园，自然而然被一种奋斗的氛围感染，被一种上进的气氛笼罩。心中暗忖，这种氛围里，向前奔跑才是正确姿势，潜力是可以开平方的。

当一个空间溶解了亲情元素，空气也是熟悉的味道，这是血脉相连最真切地体验。

以班主任为群主的学校联系群，以家委会主任为群主的家长微信群，长情陪伴的家委会……信息、网络、职责、慈爱、亲情，已冲破空间距离，冲破时间藩篱，实现了无限制、无障碍、无间隔、无盲点地互动教育模式。这是经济社会快速的红利，也是你们的幸运。

老师、家长联动，把学习道路上的障碍统统清除，让孩子们轻装上阵，全身心投入高中阶段学习，只希望你们拼尽全力不留遗憾。我们望眼欲穿，你们望穿秋水。

奋斗的青春最美丽。成长是一个过程，只有自己走过的每一步路，吃过的每一寸苦，悟过的每一种理，才会成长你特有的气量和品质。属于你的路，只能你自己用心、用力，任何人都无能为力。父母所忧，恰是你下一秒的脚步。

父母第一忧，怕你没有目标。看似没有聪慧的禀赋，没有超人的智商，没有扎实的基础，但只要你拥有了坚定的目标，一切都有了弥补的可能。暂时的考试不在状态不能说明什么，只担心你在这个节点失掉信心。暂时没有进入学习状态也不要紧，只要你还有追上去的勇气。

明确的目标才会有强大的动力。选定一个同学作为学习竞争假想敌，或者选择一个适合你理想的学校、符合你实力的分数段作为短期目标，认真对待每一道题、每一节课、每一个知识点，学会、学懂、学透。学习中要有一股钻劲，一股韧劲，一股恒劲。要坚信，只要做到了积跬步，才能致千里。

父母第二忧，怕你不懂坚持。坚持是实现目标唯一的途径，没有其他的捷径可走。每一个人学习的路、成长的路，荆棘遍地、坑坑洼洼才是真正的常态。换一个视角对待困难，换一种思路考量难题，一旦找到了那把开锁的钥匙，就会有举重若轻的洒脱。无论遇到什么困难，都不要畏惧和害怕，要坚定战胜困难的信念，选择正确的方法，持之以恒地坚持下去，就能遇到一个最好的自己。"苟有恒，何必三更起五更眠；最无益，只怕一日曝十日寒。"这句谚语说的就是这个理。

父母第三忧，怕你习惯懒惰。有人说，懒惰是时间的奴隶，是愚者的休暇，可以吞噬人的智慧。他就像一个看似温顺的怪兽，却慢慢把人的意志力、习惯力、勤勉力消殒殆尽，让人一事无成，甚至成为社会的负累。无论是生活细节，还是学习习惯，一定要杜绝懒惰的坏毛病，拥有孜孜以求的气场和气量。

父母第四忧，怕你丢掉情怀。情怀是精神世界绽放异彩的蓝宝石，是内心世界驱赶阴云雾霾的阳光雨露。把那一点兴趣培养成爱好，把那一点特长修炼成气质。坚持你的读书习惯吧，书里有你一切困惑的答案；坚持你的画画习惯吧，笔下有你不竭的愿望和理想；坚持你的舞蹈梦想吧，足下有你的婀娜和健康。

父母第五忧，怕你不会拒绝。拒绝是人生课堂的必修课，作为成长中的高中女生，更是踏步前行的必备神技。为人处事，应该做到与人为善，予己为善。但对于那些观念不合的，不必近交；习俗不同的，可以不交；让人为难的求助的，可以不助；无缘由地谄媚的，应保持警惕；企图骚扰侵害的，应采取果断措施防范；对于触碰底线的，应义正词严回击。要学会拒绝糖衣炮弹，拒绝男女不正常交往，拒绝不义不举，拒绝丧失良知。要为自己的心灵守候一片净土，为生活擦亮美好的明天。

人生的路很长，今天先停播了。下次爸爸妈妈再找时间，好好聊。相信爸爸妈妈，你成长的路上，我们会一路守护。

2018 年 5 月 15 日

带着光芒，就是一首透亮的诗
——写给女儿的信（之四）

收到你的来信，很激动，也很愧疚。

已与你谈心几次。愿你修养品性、修炼胸怀，积攒精进，倘若时机成熟，携手情怀和信念，加入党、团组织。称呼同志，也是一种热切的期望。

读书时，我经常写书信。铺平材料纸，歪歪扭扭的瘦体，从汇报学习成绩出发，拐到生活费零库存到站。

你爷爷奶奶三伯伯都不识字，只有你二伯伯读过初中，每次念叨问候，都简短而急促，然后大多数汉字，都在转弯抹角的详细讲述购买饭菜的简易算式。

你不知不觉已长大，是我人生最大的成就。姥姥、姥爷把你从呱呱坠地带到幼儿园结业，妈妈陪伴你上小学、初中到高中。你是幸福的，虽然我一直在缺席。

当读到"然后就上初中了。岁月中我们没有相拥太久，就将我推向成长"。你不经意一句话，却深深戳中了我，戳痛了我，让我愧从眶出，酸楚满面。

我选择了一个没有时间观念、没有地域概念的职业，选择了一个以生命拯救生命、用善行播种善良的职业，最关键的是，我无限热爱。我习惯了岗位变换、东奔西突。我不知道下一个口令，也不知道下一个转角。虽不惑有五，只要闻得一声令下，我仍会毫不犹豫地打起背包又出发。

社会和家庭角色的交替，爸爸把亏欠都给了家人。慢性病把姥姥姥爷催促成风吹就倒的虚弱，二次中风让奶奶与床铺成了不离不弃的挚友，身患聋哑残疾的三伯伯和年龄尚幼的弟弟都渴求爸爸温暖的手。

爸爸太自私，只顾着自己的坚守和执着，忽略了对家庭的看护，对家人的陪伴。

我不是一个称职的儿子和女婿。也不是一个称职的父亲。请你谅解爸爸。

在时间洪流中，总需要一些人站在一线，战在一线。这样的人生很充实，也很坚定。爸爸希望你今后也能勇敢地加入类似这样的队伍。

反复读你写的书信，触碰到你越来越成熟的认知力、思考力、说服力，相比我的十六岁，都不知相距多少个爪哇国的距离。我要向你表示由衷地祝贺。

你对这个世界的理解，对周围朋友的认知，作为青春阶段的孩子，我持乐观和肯定态度。有些困惑和迷茫，经过时间淘洗，自然会清晰明白。相信在你人生道路上会越走越坚定。义务与责任，愧疚与无悔，宽恕与良善，爱与尊重，冷静与理性，以及对社会主流的坚定拥护和对大众的悲悯，都将是你人生三观的核心要素。

就成绩而言，你不是尖子生。但我和妈妈一直以你为豪，你是最棒的。我读的是恩施市一中，妈妈读的是恩施市二中，你已领跑，已帮爸爸实现了读恩施高中的想法。凭爸爸的推断，你只是在学校少了一点专注，在家里少了一点自律。如果稍加改进，结局可能突破预想。

一步跨入高三，还是跟你聊聊高考吧。你告诉我，你已没有顾虑，不害怕，很坚定。看到这，我心里踏实了，也不再担心什么。只是建议你要在持续紧张中学会放松。至于你说的演唱会门票，无论高考成绩如何，都将是我和你妈对你高中三年的奖赏，我们一定提前给你准备好。

高考是你人生道路中第一个真正意义上的分水岭，是一场最公平也最残酷的一局定成败的决赛。你也不必太过担心，人生这样的赛事还很多。只要你每一次都拼尽全力、用足心力，没有遗憾的叹息，你就是人生的赢家。

人生处处是考场。除了考试能力，爸爸更希望你拥有完整的生存能力、学习能力、审美能力、鉴别能力和决断能力。能够在琐碎中找到乐趣，在细微中发掘完美，在喧嚣中守住宁静，在繁杂中觅得规律。

原计划用书信方式与你长谈一次，但爸爸这个月实在太忙。不得不把长谈计划推迟，就延到你到大学报到时，到时把远行的行李和人生的嘱咐一并给你。

你在信中两次用到透亮这个词，这个词散发出纯洁、阳光的气息。我借用你的词，送你一句话："带着光芒，就是一首透亮的诗。"陪伴你度过紧张的高三生活，陪伴你永远。

你希望我和你妈优雅地生活。你说优雅的含义是：带着年少的灵动，历经岁月的从容不迫，对世间永葆敬畏。你理解得很生动，也很透彻，也感谢你用这种方式表达对我们深沉的爱。

如果我们退休了，规划的生活很丰富。是不是慢生活、快步走的节奏呢？可谁又说得准明天的样子呢？

又到了零点。今天就不说了。你若想对我说什么，随时都可以哟。

2019 年 6 月 25 日

愿你遇见欢喜的自己
——写给女儿的信（之五）

金秋渐凉，万物竞藏。九月真好，炎热已走，清爽将至。这季节，有最美的秋天，有最好的月亮，有崭新的梦想。

你们这一代人，注定冥冥之中"天降大任于斯人也"。处百年不遇之大变局，爬坡过坎的改革发展和民族复兴，刀光剑影的纵横捭阖及和平共处，正是你们这一代人需要面对、参与和承担的时代和历史任务。

高考放榜，为父凌晨守屏而眠。看到考分，为父一块悬着的石头落了地。虽没进入第一方阵前列，但还是挤在第一方阵。你用刚刚好的阿拉伯数字，证明了曾经的努力。

鼓励你报考军、警及消防院校，有为父情不自禁的制服情结，更有期待规律浇灌习惯、纪律释放光芒。拿起手机不放，迈步叫唤脚酸，物品不吝收整，家务不屑伸手。你也承认，这不是本性使然，只是不愿不屑不吝。为父常以公务繁乱为托词，欠你一份触及心灵的鼓励，欠你一分目之所及的陪伴，欠你一分纠正校偏的吆喝。

如愿收到中国人民警察大学的录取通知书，这是你迈向人生的新起点。高中前为了鱼，而现在是为了渔。时间如河，人生如纸，每天都是零的开始。

一切都是陌生的，一切都是规整的，一要都是严格的，一切都是可期的。

个头虽快赶上爸爸，其实，你还是一个满脑子童话的孩子。警察院校是一个大熔炉，训练有强度，管理有刚度，纪律有法度，自然而然会让你慢慢淬火成钢。当你迈出第一步，可能就会不适应，有懊悔，有抱怨。但我相信，渡过了适应期，你会喜欢这里的，藏蓝色会成为你人生的皮肤。因为，这里有团结奋进的信念和目标，有不屈不挠的青春和热血，有意志坚定的战友和同学。

人的成长痛并快乐着，每天都会是不一样的自己，愿你四年归来，遇见自己欢喜的样子。

人的一生啊，都在成长、成熟、成功的轴线上奔走。父母身在其中，只能是保障和供给的角色。人生的路，得靠自己一步一步走，得靠自己体悟和领悟。在这里，为父还是想唠叨几句，但愿你能记住，并有所裨益。

（1）信念是精神的方向和航标，需深学真用、知行合一。

（2）道德是社会意识形态和价值标尺，需慎微如始、躬身实践。

（3）内秀其心、外毓其行的优雅和气质，来自读书、运动、善举的坚持和自律。

（4）与人交往的学问在于，自信、大方、善良和拒绝。择选脾气、性格相投地做真朋友。不结交不知底细的陌生人。与异性交往，有礼有节，敬重长者、尊重善者、爱戴幼者，遇语言不当者，趋而远之，遇行为不当者，及时义正词严斥之击之避之。

（5）大学阶段是人生关键期，更是差异形成期，每门功课都要学懂弄通，待工作后，方怨"书到用时方恨少"。

（6）尽量多读一点书，多写一些文章，多参与一些社团活动，这些都是你人生道路的基石。

（7）千万不要觉得年轻，觉得干什么都还早，在飞速行驶的时光火车上，当你一打盹，就落在千里之外。

以上几点要做到，当需三力合一。一是学习力。学而不知足，习而知不足。二是自律力。自我管理、自我约束，通过自制管理好时间和管控好行为。三是生存力。顺应生存法则、恪守道德底线、信守人生信条。

木心在《文学回忆录》写道："醒悟的人都有一个特征，就是心怀怜悯，能够透过人间苦难去思考什么伪善、罪恶、公正与道德，冷漠和麻木的人是不屑于做这些事的。"

作为一个有良知的人，应该有悲悯心；作为一个合格的警察，就是要辨别伪善和道德，公平公正地去惩治犯罪，让世间的罪恶少一些，再少一些。这两点，是我的期待和希望。

一朵身手敏捷、靓丽飒爽的警花呼之欲出，我拭目以待。

2020 年 9 月 10 日

最喜二宝无赖

二宝五岁，懵懂、顽皮。好动而弛息，好言而羞演，好吃而忘饱。

一块好苗，眼睁睁在不节不习不律的狂风暴雨里摇曳。远在千里之外，只能是语言的胡萝卜加大棒。每一次，一句"爸爸要陪我玩"，把奔涌的音节堵在嗓子眼。

生活的写意，或有意或无意地挥毫。季节更替，是自然力操纵帷幕。情绪变幻，是生命力撩拨心弦。每一个人，是演员也是观众，其实，当以看客视之亦为看客示之。

心房敞亮，诗和远方或许挤占心房。胸襟窄逼，只会霾和浓雾萦绕心头。琐碎的日子，惯性的步子，但凡满眼阳光和雨露，每一眸都是墨绿灵动的菜畦。

曾信誓旦旦携妇将雏，共享时光的平静和柔软。怎奈在没有答案的选择题面前，依然只能背负义无反顾、孑然一身奔赴千里之外的陌生城市。

中年之难，童叟有需。幸好童叟有妻。压在肩上的担子，看着她咬牙的样，心都隐隐作痛。

自己带二宝，是四十岁大龄要二胎的承诺。飘进耳朵的话，转瞬挥发成空气。无奈摊开双手，心上堆满愧疚，扛上背包，挤上火车。闻得一声令，辜负家中人，吞咽酒中苦。

二宝健康成长，陪伴一直缺席。童言童行中显露出的皮、嗲、善，闲时默想和念叨，童趣横生。

二宝口齿清晰。满周岁时，便能顺畅表达。顺耳听见陌生词汇便可记住，现学现用。见到可亲的女子，开口便称"美女"。见到慈眉善目的老人，必在"爷爷、奶奶"前加一个老字。见到故意逗他玩的中老年人，不友好地来一句"老家伙，你好"。见恶意逗他的，时不时接力爆一句粗口。凡此种种，但凡当场纠正，反而故意为之，皮得让大人尴尬不已，却又无可奈何。

二宝爱黏人。心里喜欢谁，就粘谁，像粘在衣服上的口香糖。若问他为什么要黏？一句"因为我爱你"，把你噎得心里都甜。

相距千里，居在两城。微信视频、语音是我和二宝的情感纽带。"爱爸爸，想爸爸"是二宝的口头禅。他就像市侩的情感高手，专门对付远行的爸爸。"爸爸，我是你的亲儿子重重，你想不想我嘛？"这种暖心话后面，一般都有后缀，"我想要买一个玩具，可不可以嘛？"一不小心，又被二宝套路。

有天晚上零点，二宝用妈妈手机跟我视频。边说话边摸鼻子"我特别想爸爸，你快点回来。"情感倾诉半小时，我也泪眼婆娑。"重重快睡，要听妈妈的话哟。""我不要妈妈了。"最后一句话，道出了事情的原委。

二宝年龄不大，个头不小，力气也不小。与小朋友玩耍时，难免肢体冲突。每次，他都是动口不动手，让人看起焦人。"你为什么不还手。"、"他没打疼我。"、"他是我好朋友呀。"、"他力气比我小嘛。"几句话，说得我们好像没气量似的。唉，能怪谁呢？要怪也只能怪基因里善良成分占比太高了。

居家期间，妻在家三餐不少，营养不缺，二宝有明显的肥胖趋势。凡见面，念叨道"重重要减肥"。再通话，第一句就是

"爸爸，下午只吃了两碗饭，少吃点，我要减肥。"其实，我知道，每天姥姥、姥爷的供给仍然是供大于求。

俗话说："三岁看小，七岁看老。"看来得赶紧从习惯养成和行为纠正中找寻更多乐趣。

拔牙趣事

二娃换齿糗事多，自此留存可佐酒。

换牙是成长中的小插曲。乳牙是试用品，恒牙才是成品。两粒牙胚，从娘胎抱萌，相依相偎，紧靠紧挨，次第冒出。乳牙尝过太多的甘甜和软糯，恒牙胚酸醋劲一来，挤占上位，乳牙自然蒂落归尘。长出皓牙白齿，咬遍酸甜苦辣，吞吐喜怒哀乐和贪嗔痴念。

水暖花开，秋冻冬捂。二娃还弄不明白时间更迭的律动。但凡提起拔牙，立即十二分紧张。像老母鸡护着一窝雏崽，张开翅膀左移右动庇护着，怒气冲天叫唤着，以身相搏竭力避险，不惜与挑衅者拼命。一丁点儿疼痛被无限放大，情绪过分夸张，让人茫然无措。

想起自己小时候换牙，却是剧情轻松的桥段。乳牙一旦有松动迹象，没有本能的恐惧和害怕。摇牙成了单调童年的游戏，不时用手指摇动，不停地用舌尖抵推。有强迫症似的，把他当成了"眼中钉"和"肉中刺"，不拔掉反而心里堵得慌。待摇摇欲坠时，两根手指稍稍用劲一掰，掐花取物般，两根指头便夹出一粒带有异味的牙齿。疼痛感没有在意，反而有一种搬掉障碍物的舒心和快乐，内心有莫名的兴奋和喜悦。

二娃的过激反应，着实让人有些不解。心里纳闷，到底是大惊小怪还是过度恐惧，到底是故意为之还是安全感缺失？

第一颗松动的是左侧切牙。一天吃饭啃腊猪蹄子坨坨时，一口咬下去，觉察到牙齿有点疼痛，用手一摸，有点松动了。当即晴天转阴，眉头一皱，大雨婆娑，声音提高八度哭喊道："嗲嗲，腊蹄子把牙齿顶松了，要给我赔牙齿。"姥姥赶紧放下碗筷，看了看，摸了摸，边帮忙擦拭眼泪边安慰，"重重不急，恭喜你开始换牙了。"

"为什么要换牙？牙掉了怎么吃饭？牙掉了不长怎么办？"……姥姥被二娃一堆七荤八素的问题灌得头昏脑胀，于是慢慢悠悠地讲起故事。第一个故事大意是，"你长大了，成了小男子汉，哭就是不勇敢的表现。"第二个是牙仙子的故事，"有一个牙仙子，专门收集掉落的牙齿，谁换牙哭了，就不把新牙齿送回来。"故事还没听完，二娃端起饭碗，兀自继续大快朵颐。

牙齿松动了很久，二娃没按吾辈设定桥段进行，不摇也不抵，不管也不顾。前去牙科门诊咨询，医生建议说，乳牙长时间不掉，是有可能影响恒牙生成的。有了这个模糊的诊断建议，于是开启了一场拔牙之战。

"去把牙拔了吧。"这是我每次返恩必做的思想动员。二娃性格倔强，更听不进关于拔牙的话题。用买中意玩具作诱饵，有稍稍犹豫但均拒绝果断。

一次，他看中了一款爆炎狮王玩具，爱不释手，有得之而后快的焦虑。瞅准说服良机，开出交换条件：去门诊把牙拔了就买。二娃一会说不要玩具，一会儿又说要买玩具，犹犹豫豫了很久，勉强同意合作条件。到了门诊后，情绪又开始反反复复，迟疑不决。最后开出的条件是，得由我抱着他拔牙。医生涂了一点草莓味的儿童专用麻药，拿出专用钳子，轻轻一拔，牙齿就脱落而出。这个过程，是我的视角。二娃的视角，从涂麻药始，到拿出钳子，到牙齿拔出，一路梨花带雨，重复哭喊道，"爸爸，我不拔牙，玩具我也不要哒。"

医生解释说："孩子一直在哭，可能是麻药没发挥作用，真把他弄疼了。"这次是真疼，也是真哭，哭得让人心都碎了。这次经历，给今后拔牙增加了难度。当然，哭过后，玩具还是要的。也记住了那一抹草莓味。

时间一页页翻，故事也在一天天重复。两颗门牙是同时松动的，久松不掉，已经影响到吃饭喝汤。有了第一次教训，再诓去牙科门诊比登天还难。

二娃刷牙喜偷懒，力度也不够，牙齿有些泛黄，影响到了美观。爱臭美的他，以洗牙的由头再次把他带到牙科门诊。这次来到门诊，不跟医生打照面。见谁也不搭理，动辄要走。

一个美女护士走过来，"我帮你看看，牙齿这么黄？上面是不是沾了一层黄浆哟。"护士手上拿了一团棉球，帮他擦拭一颗正常的牙齿。你看，牙齿好黄。一边聊天，一边擦拭。忽然转向发力，以迅雷不及掩耳之势，轻松取出一颗门牙。

哭是少不了的，但得咬住一个棉球止血，掉了几行泪水，便匆匆收场。只是口中含混念叨，"护士坏，护士坏"，盯护士的眼神里充满埋怨和不信任。拔取第二颗门牙暂告一段落。

又过了一个月，另一颗门牙还未脱落。牙科门诊是再也不会去的。时不时凑近我，爸爸帮我拔牙。我身子一动，立即把嘴闭得很紧。"不要爸爸帮我拔，我自己拔。"他怎么会自己下手呢，只是不时戏弄我一下。

每次返家，他都要黏我身上，跟我亲热一番。这次，我趁机把他紧紧地抱着，抓住他的双手，给爱人使了一个眼色。爱人会意地模仿护士的手法，把他另一颗门牙也轻松地拔了下来。又开始哭。问他疼不疼，他说不疼。"不疼哭什么，装腔作势。"听我这么一论，也有些不好意思起来。

前三颗乳牙，就这样被拔掉。坐在电脑前反思，这全是父母强迫症的杰作，里面充斥着浓烈的支配欲望，荡漾着二娃的焦虑和胆怯，甚至连牙仙子这样美丽动人的故事也在焦虑中忽略。

决定迎接二娃，暗地里我给自己签下了内容详尽的责任书。实心实意地想帮长期两地分居独自带大娃的妻减压，主动担当一些家庭教育和日常陪伴。不承想，一张纸令，我又变成了一只特殊的候鸟，上演着双城谋生记，半个月甚至几个月才能返巢。两城相距千里，在铁轨和空中，只能做一个归心似箭的钟摆。一边知责尽责履责，一边补孝补陪补教。

有心理学家研究，一个男孩子缺乏父爱，孩子会缺乏安全感，更易胆怯、任性和焦虑。二娃拔牙的焦虑苗头，为父心头已是乌云密布。

为二娃拔牙，也拔痛了我的软肋。不知二娃下一颗松动的乳牙，有没有自己动手的勇气。